書下ろし

夕《ゆ》立《だ》ち

橋廻り同心・平七郎控④

藤原緋沙子

祥伝社文庫

目次

第一話　優しい雨

一

「すると、御政道に不満があってやったのではない、ただ面白半分にやったと、そう申すのじゃな」

立花平七郎《たちばなへいしちろう》の報告を黙然として聞いていた北町奉行榊原主計頭忠之《さかきばらかずえのかみただゆき》は、威厳のある顔に不快な表情を浮かべて言った。

「はい。私が調べたところでは、そういうことでした」

平七郎は、榊原奉行の顔を見返した。

榊原奉行の鬢《びん》には数本の白いものが走っている。その白いものはここ数年で出来たもので、奉行という職の激務を物語っていた。

「ふむ……」

榊原奉行は小さく頷《うなず》くと立ち上がって、ゆっくりと着流しの裾《すそ》を捌《さば》いて、庭に面した障子窓を開けた。

薫風が部屋の中に流れて来る。

窓辺に立った榊原奉行の向こうに、青葉若葉が風に揺れているのが目に入った。

二人が居るこの月心寺《げっしん》の茶室の外は、木々の間に一面苔《こけ》むす庭が広がっているのだが、そこに木洩《こも》れ日がたゆたっていて、苔の間を抜ける小路の片隅には竹籠が置いてあるのが見える。

その籠には拾い集められた松の落ち葉が入っている筈《はず》だった。

榊原奉行と平七郎がこの月心寺のお茶室に入るまでは、修行僧が二人、頭に手ぬぐいをかぶって苔の上に落ちた松葉をひとつひとつ手で摘《つ》まんで拾いあげていた。苔を傷めないための処置である。

だが、平七郎たちが茶室に入る廊下を渡って来るのを見ると、二人は静かに頭を下げて作業を止めて引き上げて行ったのである。

むろん遠慮をしてのことなのだが、籠はその時に置いていったもので、その籠の中にも木洩れ日は落ちていた。

ほんの一時だが、平七郎は命の輝きを改めて見た思いがした。

たった今、屈折した人の心の計り知れない事件の経過を伝えたところで、瑞々《みずみず》しい若葉や苔の緑が、一層心に迫ってきたものと思える。

その事件とは、隅田《すみだ》川が川開きになってからというもの、隅田川に架かる四つの橋、永《えい》代《たい》橋、新大《しんおお》橋、両国《りようごく》橋、吾妻《あずま》橋の上から、往き来する舟をめがけてたびたび投石する輩《やから》がいて、今までに武家一人と武家の妻女二人、それに商人二人が怪我《けが》を負ったというものだった。

いずれも無差別に誰彼《だれかれ》無く狙《ねら》っての投石で、そういう輩が出現したという噂《うわさ》が広がれば、世の不安をかき立てるとして、先月ここ月心寺で榊原奉行と会った時に、早急に犯人をつき止めるよう平七郎は言われていた。

小さな犯罪のように思われがちだが、襲う者の顔が見えない犯罪だけに、背後になんらかの思惑が隠されているのではないかと榊原奉行は心配していた。

そこで平七郎は相棒の平塚秀太《ひらつかしゅうた》とともに、船頭の源治《げんじ》、それに読売屋『一文字屋《いちもんじや》』のおこうと辰吉《たつきち》などにも協力を求め、見回りを続けていた。

すると、昨日夕刻、陽の落ちる少し前のこと、平七郎が新大橋の東袂《ひがしたもと》までやって来た時、橋の上で三人の男が殴《なぐ》りあいの喧嘩《けんか》をしているという通報を受けた。

橋の上に目を遣《や》ると、なるほど人垣ができている。

平七郎は急いで橋の上に駆けあがった。

新大橋は、長さが百八間《けん》（約百九十五メートル）もある。

往来の多い時刻に、橋の中ほどまで一気に走るのは容易なことではない。

「奉行所の者だ、退《ど》きなさい」

声を荒らげて人を分け、橋の中ほどまでたどり着くと、人垣の輪の中に二人の男が這《は》いつくばっており、もう一人の男は同心が走って来ていると聞くや、素早く橋の西袂に走り下り、逃げ去ったと野次馬の一人が告げた。

「やっ」

平七郎は、転がっている二人の足もとに小石が散乱しているのを見た。

はたして二人の袂を探ってみると、まだ幾《いく》つかの小石を忍ばせていた。そこで二人を問い詰めたところ、橋の上から石を投げていたと白状した。

二人のうち一人は古着屋の倅《せがれ》で巳之吉《みのきち》といい、もう一人は渡り中間《ちゅうげん》の又蔵《またぞう》という男だった。

二人は賭場《とば》で知り合った仲だと言ったが、格別御政道に不満があったわけではなく、博《ばく》打《ち》の負けが込んだある晩に、やけっぱちも手伝って、太平楽に川遊びを楽しんでいる連中に八つ当たり半分で石を投げた。橋の上から舟上の人々が慌《あわ》てふためくのが面白くて、その後も投石を続けていたのだと言ったのである。

また、もう一人の喧嘩をしていた男は、投石には関係のない見知らぬ男だと言った。その男が立っていた場所がちょうど橋の中央辺りで投石には頃合の場所だったことから、巳之吉と又蔵がその男に場所を譲れと腕をまくって脅《おど》したことで、喧嘩になったのだというのであった。

近頃は疫病が流行《はや》って多数の死者を出している。また、鳶《とび》や人足たちの大喧嘩があって百三十四人も処罰されたのはつい先頃のことである。

イギリスとかいう外国の船が浦賀《うらが》に通商を求めてやってきたのもつい先日、繁栄と太平の弛緩《しかん》した世の隙間《すきま》隙間に不安なものが見え隠れし、幕府は些細《ささい》なことでも世情の不安を誘うような出来事には監視の目を強くしていた。

そういった時に起きた投石事件だけに、平七郎は二人の周辺にまで手を伸ばして調べてみたが、榊原奉行の懸念に繋《つな》がるような背景は、二人には何もなかったのである。

「まっ、一応安堵《あんど》したというべきだろうが……」

榊原奉行は平七郎に背を向けたままそう言うと、また元の座に引き返して静かに座り平七郎を見た。

「御政道批判ではなかったにしろ、何の罪もない人々を惑《まど》わせようとする心底には、この世への不満があってのことと人は見る。第二、第三の石投げ事件が起きれば、すなわちそれは、やがて御政道批判へと繋がるのは必定《ひつじょう》。今後もぬかりなく見回りを頼むぞ、平七郎」

「はっ」

平七郎は、榊原奉行を見て頷いた。

「では」

頭を下げて膝を起こそうとしたその時、

「待て、平七郎。もう一つ伝えておくことがあった。五年前に富蔵《とみぞう》という紙屋『土佐屋《とさや》』の手代をお縄にしたのはそなただと聞いたが……」

「私です。それが何か」

「この江戸に舞い戻っているらしい。見た者がいる」

「まことですか」

俄《にわか》に平七郎の胸を、緊張が走った。

富蔵は同僚と喧嘩をして怪我を負わせ、軽追放になった男である。

「追放者であっても旅人としてこの江戸に入ってくる分には咎《とが》めることはできぬ。しかし、昔の遺恨《いこん》を晴らすために舞い戻る輩もいる。富蔵が舞い戻ったのかどうかも含めて、それならそれで何の目的で戻って来たのか確かめておいた方がいいと思ってな」

「承知しました、しかるべく……」

再び膝を起こそうとした平七郎に、榊原奉行はふっと笑みを見せた。

怪訝《けげん》な顔で見返した平七郎に、

「いや、これは言わずにおこうと思ったのだが、先日そなたのおふくろ様がわしに面会を求めて参った」

「私の……母がでございますか」

平七郎は、驚愕《きょうがく》して榊原奉行を見た。

「なんでも、近くまで来たのでふらっと立ち寄ったのだと申しておったが、虎《とら》屋の羊羹《ようかん》を持参してくれてな」

「お奉行、母は何を申し上げたのでしょうか」

平七郎は、もしや母が息子を橋廻りから外してくれなどと、余計なことを言ったのではないかと青くなった。

だが、榊原奉行はくすくす笑って、

「何、ただの挨拶《あいさつ》だと申してな、それがなかなか心憎い」

「申しわけございませぬ。帰りましたら、よく母に言い聞かせまして……」

「よいよい、今も申したように、ただの挨拶じゃ。しかしびっくりしたぞ、そなたの母はまだ若い」

「はあ」

「若い頃には、よほどの美貌だったと見受けられた。わしも同心の母御《ははご》に挨拶を受けるなど初めてだったが、茶を一服する間、楽しい話を聞かせてもらった。里絵殿《さとえ》と申されるようだが、麗《うるわ》しい未亡人と対面してわしもいささか眼福であったよ」

榊原奉行はそう言うと、身を固くして聞いている平七郎を見て、声を立てて笑った。

「お奉行」

「怖《こわ》い顔をするでないぞ、平七郎。いいではないか。わしはな、あの母御がそなたの姉上だと言われても信じたのではないかな。ふむ、お前には勿体《もったい》ない母御ではないか」

「まことに、失礼の数々……」

「謝ることはない。わしも楽しかったと申しておる。美貌の母御は、お前の自慢ばかりしておったぞ、平七郎」

「はっ」

「なんという顔をしておるのじゃ。よいか……せいぜいおふくろ様を大切にしてやることだ」

榊原奉行は、優しげな目をして頷いた。

「恐れ入りまする」

平七郎は頭を下げながら、どっと腋《わき》の下に汗のふき出るのを感じていた。

——それにしても、富蔵はなぜ舞い戻った……。

月心寺を辞して、新堀《しんほり》川沿いを下りながら、平七郎は富蔵をお縄にした五年前の事件のことを思い起こしていた。

平七郎は今は十手のかわりに木槌《きづち》を持って橋を見回る閑職に就いているが、当時は黒鷹《くろたか》と呼ばれた定町廻りの同心だった。

富蔵が手代をしていた土佐屋は横山《よこやま》町一丁目にあり、平七郎もときおり町の通りは見回っていた。

主《あるじ》の平左ヱ門《へいざえもん》とも知らぬ仲ではなく、いつ立ち寄っても店は繁盛していて、土佐屋には何の問題もないように見えた。

ところがそのお店《たな》の手代同士が、両国稲荷《いなり》の境内《けいだい》で喧嘩をして、鼻の骨を折られた手代が米沢《よねざわ》町の番屋に駆け込んだことから、平七郎がその事件を担当することになった。

手代の一人は富蔵で、もう一人の鼻を折られた手代は宗助《そうすけ》といった。

平七郎は、身内同士のことでもあり、主の平左ヱ門も呼んで内済での決着を計ったが、宗助がどうしても訴えるという。

二人の喧嘩の背景には、番頭昇格をめぐっての争いがあったようで、互いにぬぐい切れない憎しみがあるように見受けられた。

平左ヱ門の話によれば、三月《みつき》前、三人の手代のうち一人を番頭に昇格させるといい、三月の間三人を競わせて、またその身辺も調べさせたところ、三人のうちでは宗助がもっとも番頭に相応《ふさわ》しいということになり、先日その結果を申し渡したところだったというのであった。

鼻の骨を折られた宗助の話も大方は平左ヱ門の話と一致しており、富蔵は自分を逆恨《さかうら》みして喧嘩をふっかけたのだと言い、決して富蔵を許すことは出来ないと言い張った。

一方の富蔵は、自分が選から漏れたのは宗助の謀《はかりごと》のためだったのだと言い募《つの》り、内済金を払うことも謝ることも拒《こば》んだのである。

結局富蔵はお縄になり、即刻軽追放と決まった。

追放とは、罪の軽重によって罪人の住所、町村住国、犯罪地、三都（江戸・京都・大坂）および公領の土地を追い出される刑で、所払い、江戸払い、江戸十里四方払い、軽追放、中追放、重追放と六段階の追放がある。

追放を受けた者は、再びそこに住むことが出来ないが、旅者として通行するのはお構いなしという抜け道があった。

富蔵の場合は軽追放で、そのお構地は、江戸十里四方、京・大坂、東海道筋、日光、日光道中となっていた。つまりこれ以外の場所では生活出来た。

刑が決まると富蔵は、奉行所でお構地を記した書き付けを渡されて放逐《ほうちく》された。平七郎は追放となった富蔵を浅草《あさくさ》御門まで見送っている。

その時、橋の向こうに、風呂敷包みを抱いた富蔵の母親の姿を見た。

追放といっても親族と一泊して別れを惜《お》しむことは許されていた。

母親は息子との別れのために、着替えや好物を持参して待っていたに違いない。

川風に吹かれながら、じいっと息子を待っていた富蔵の母親は、頑丈《がんじょう》な体つきの富蔵に比べていかにも小さく、今にも消え入りそうに見えたのである。

あの時、母子がどんな時を過ごして別れたのか平七郎には知る由もないが、富蔵はもっと利のある解決方法を選べなかったのかと残念に思ったものである。

どちらが正しいとか間違っているとか主張してみても、怪我を負わせた方が負けである。

富蔵は宗助に負わせた傷すら非として認めず、最後まで頑迷に自分の意思を通したために、思わぬ刑罰を受けることになったのである。

刑が軽かったのは富蔵に同情を示したものと思われたが、罪は罪である。

追放となった者が、江戸に戻って滞在出来るわけがない。

特別のご処置を受けられれば話は別だが、追放は追放なのである。

富蔵がそんな決まりを破ってまで江戸に戻って来たのなら、それ相応の理由がある筈だった。

一つは、母親に会いに帰ってきたか、あるいはもう一つの理由、昔の事件に富蔵なりの決着をつけようとでもしているのだろうか。

――とにかく今後のこともある。

平七郎は、両国橋の西袂で橋桁《はしげた》に溜《た》まったごみを、町役に言いつけて取り除かせていた平塚秀太に事の次第を説明し、当時富蔵の母親が小さな小間物屋の店を出していた八名川《やながわ》町に向かった。

平七郎が母親を訪ねたのは、富蔵の刑が言い渡される直前の、一回こっきりだったのだが、富蔵の母親は隅田川沿いにある御船蔵《おふなぐら》の番人長屋の路地から入った表長屋で、間口が一間半（約二・七メートル）ほどの店を開いていた。

狭い土間に、他の小間物と一緒に大福帳や硯《すずり》や筆などを並べ、ほそぼそと店を続けている様子が、上がり框《かまち》にぽつねんと座って客を待っていた富蔵の母親の侘《わび》しげな姿に見てとれた。

あの時、富蔵の母親は、平七郎にこう言ったのである。

「お役人様、私はこの店であの子を待ちます。追放刑だっていつかはお許しを頂ける筈、そう信じて待ちます。馬鹿な母親だと後ろ指を指されても、私はあの子を信じてやりたいのです」

小さな体全身で、母は息子をかばってみせた。

またあの母親に辛《つら》い思いをさせるのかと、平七郎は胸苦しい思いで訪ねたのだが、意外にも記憶にあったその場所には、見知らぬ八百屋が店を出していた。

「隣にあった小間物屋は、どうしたのだ」

平七郎は、八百屋の隣にある瀬戸物屋を覗《のぞ》いて言った。

「おせきさんのことかしら」

振り返ったのは、十文字に縄で結わえた瀬戸物の束をほどいていた女だった。店の女房のようである。

「そうだ、富蔵の母親だ」

「じゃ、おせきさんですよ」

女房は手を叩《たた》いて埃《ほこり》を払うと、店の戸口まで出てきて目顔で隣の軒を指した。

「引っ越したのか」

「いえ、亡くなったんですよ」

「何、いつのことだ」

「二年になりますよ。息子さんがあんなことになったでしょ、だから心を病《や》んで、それでとうとう……だって、息子さんが命だったんですものね、おせきさん」

「富蔵は母親の死を知っているのか」

「さあ、どうかしらね。おせきさんが亡くなっても、富蔵さんの行方を知ってる者はいなかったから、知らせるすべがなくってさ。だから当然お葬式にも富蔵さんはいませんでしたし、寂《さび》しいお葬式でした。救いと言っちゃあなんですけど、富蔵さんが奉公していた土佐屋の旦那様が見えてましたけどね」

「ほう、土佐屋の旦那がな」

「はい」

「おせきは何か言い残したことはなかったのかな、例えば富蔵への伝言とか」

「さあね……お葬式を取り仕切ったのは大家さんだから、ひょっとして大家さんの所に行けば、おせきさんの遺言とか遺品とかあるかもしれないね。おせきさん、息子さんのことがあってから私たちとのつき合いは遠慮してましたからね」

「……」

「考えてみれば細々とでもお店をやっていたんだもの、多少の蓄《たくわ》えもあったでしょうしね。あたしはそれを心配していたんですよ」

「ふむ」

「まさか大家さんが、おせきさんが遺《のこ》した物をねこばばするわけないでしょうし」

「……」

「だって、土佐屋さんがお葬式に見えていたということはですよ、それなりの香奠《こうでん》も持ってきたはずでしょう」

「……」

「それに家財道具も、店の品物も処分したわけでしょ。それだって大家さんが差配して始末したんですからね」

女房は次から次へと、聞かれもしないのに平七郎におしゃべりをしていたが、ふっと気づいたように、

「そうですよ、大家さんですよ。旦那、大家さんのところに行ってみてくださいな」

女房は、大発見でもしたように、目を丸くして手を打った。

二

「それで、何かわかったのですか」

平塚秀太は突然、頬を染めた顔を上げ、すくい上げるような眼をして聞いた。

飯台の上に置いた手は、常に離さず盃をつかんでいる。相当に酔っ払っていた。

「秀太、おぬし、まともに話が出来るのか？」

平七郎は、大きな溜め息をついた。

両国橋西袂の橋桁の掃除の監督を秀太一人に押しつけたため、詫《わ》びの気持ちもあって米沢町にある飲み屋に秀太を誘ったのだが、秀太は飲み屋に入るなり、

「平さん、橋廻りっていったい何なんですかね。こんな木槌を持ってですよ、あっちの橋、こっちの橋とこんこん叩いて……」

秀太は懐《ふところ》から愛用の木槌を出して、飯台をこんと叩くと、舌打ちしてその木槌をしまい、

「挙げ句の果てに橋下のごみ掃除ですよ。こんなこと同心のすることじゃありませんよ」

ぐいぐいと盃を空けた。

橋桁の掃除で相当難儀したらしい。盃の酒を飲み干すと、またしゃべった。

「私はね、今日は舟遊びをする連中に、文句の一つも言いたい気分でしたよ。だってなぜあそこにごみが溜まるかというとですね、舟遊びをする連中が舟からごみをお構いなしに投げ棄てるからでしょう。まったく……もそっと行儀良く遊んで貰《もら》いたいものです。ごみ

の中には、猫の死骸まで浮かんでいましてね、気味が悪いといったらないんですから、参りましたよ」

散々に愚痴《ぐち》を言った。

無理もない、この広いお江戸の橋廻りを、たった二人で受け持っているのである。

正確には、南町奉行所にも橋廻り同心は二人いるのだが、当番月の同心が見回るということからいえば、橋を回っているのは常に二人ということになる。

むろん奉行所には上役の与力大村虎之助《おおむらとらのすけ》が控えているが、こちらは鼻毛を抜いて平七郎たちの報告を待っている老人である。

府内の橋のことはおのずと、実際に橋を見回っている平七郎と秀太の肩にかかっている。

しかも平七郎は、内密に北町奉行榊原の命を受けている身で、秀太にもその皺寄《しわよ》せはある。

富蔵の一件は、昔平七郎が手がけた事件で、噂を聞いて黙って見過ごすことが出来ないのだと説明してあるのだが、別の用事があると言って平七郎が抜けてしまっては、ますます秀太の負担になる。

「すまなかった。明日からは同道するから、まあ、存分に今日は飲んでくれ」

平七郎が慰《なぐさ》めると、秀太は懐から微細に記帳してある橋廻りの帳面を出して、両国橋の橋下は何月何日に掃除をしたばっかりだと憤然とし、あれもこれもと、橋廻りのたいへんさを訴えていた。

だが酒が進み、愚痴の種も尽きた頃、ふいに平七郎が調べている富蔵の一件が気になったようだった。

「平さん、私じゃ相談相手になりませんか」

まともに話が出来るのか、と平七郎が言ったのが今頃ひっかかったらしい。

「そうではない、酔っ払っているから言ったまでだ」

「私は酔っ払ってなんかいませんよ」

「さっきも言ったではないか。大家の治兵衛《じへえ》は、富蔵の父親の位牌と、金子《きんす》五両を預かっていたと……」

「おっかさんが遺した金子でしたね」

「そうだ」

「長い間働いて遺した金の総額が五両ですか……おそらく、舟遊びなどしたこともない人生だったでしょうに……ただただ息子の行く末を案じて溜めた金が五両ですか……確かに世の中には五両の金も遺せずに死ぬ人たちがたくさんいるのでしょうが、富蔵の母親は亭主には早く死なれ、一人息子は追放になり、世間からは白い眼で見られながら孤独の中で亡くなったわけですからね」

「金はもう少しあったようだが、店の後始末をしたり葬式を出したりして、残った金が五両だったということらしい。もっともおせきは、店の後始末については頼んだらしいが、葬式などはしなくていい、そんな金があったら富蔵に遺してやりたいと言っていたそうだ。しかし大家にしてみればそうもいかぬ。近くの浄林寺《じょうりん》におせきの亭主の墓があるそうだが、おせきもその寺に埋葬したそうだ」

「平さん、母親というものはそういうものなんですかね。自分の身を捨てても不憫《ふびん》な息子を思いやる……私はね、私は実家の母のお節介を、うっとうしいとばかり思っていましたが、そういうもんですかね」

秀太はしみじみと言った。

平七郎も、ちらっと里絵の顔を思い出していた。

奉行所の近くを通ったなどという見え透《す》いた嘘《うそ》を並べて、榊原奉行に臆面《おくめん》もなく息子の自慢をしてきた母を、出過ぎた行為だと役宅に帰ったら注意するつもりだったが、そういう唐突な行為もまた、母親のなせる業なのかと平七郎も考えていた。

「しかし平さん、その富蔵という男、江戸に舞い戻っているんですかね」

「わからん。今のところは、大家のところにも立ち寄った形跡はない」

「すると母親のことで戻ってきたのではない、そういうことですかね」

「うむ、俺もそれを心配しているのだが……投石の一件もまだしばらく気は抜けぬ」

「おこうさんに協力してもらいましょう。いや、私だってそうです。どこまでも平さんについていきますからね。なんでも言いつけて下さい」

秀太は、ぐいと盃の酒を飲み干した。

「おい、ほどほどにしろ。調子にのって……酔いつぶれたら俺が困る」

「いいじゃないですか。おんぶして連れて帰って下さいよ」

秀太は、とろんとした眼で平七郎を見た。

「駄目だなこりゃあ。親父、勘定をここへ置くぞ」

平七郎は懐から財布を取り出した。するとその時、

「平七郎様」

ふいに後ろで声がした。振り返ると源治が立っていた。

「送っていきましょう。柳橋《やなぎばし》に舟を止めてありますから」

「そうか、すまぬな。しかし何か用があって来たのだろ」

「舟の上でお話しします」

思わぬ助け舟が現れて、平七郎は胸をなでおろした。

すぐに源治の手を借りて秀太を両脇から抱えあげると、柳橋の舟着き場まで引きずるようにして運び、猪牙舟《ちょき》に乗せた。

柳橋から大川に出て、亀島町《かめしま》の河岸《かし》に向かった。

新大橋にかかる頃には、秀太は舟底にだらしなくのびて鼾《いびき》をかいていた。

「源治、話とは何だ」

平七郎は櫓《ろ》を漕ぐ源治を見上げて言った。

「へい、これはあっしの見間違《みまちげ》えかもしれねえんですが、富蔵を見たんでございますよ」

「何……何処《どこ》で見た」

「一度目は六間堀《ろっけん》の河岸を歩いているのを見かけやした。もう一度は今過ぎて参りやした新大橋の袂でさ、富蔵は所在なげに行き交う人を眺めておりやした。いずれもこの舟を漕ぎながらでございやすから、人違いかもしれやせんが、あんまり似ていたものですから……」

源治は永代橋の橋袂にある茶屋『おふく』のお抱え船頭だが、平七郎が定町廻りだった頃は猪牙舟に平七郎を乗せ、犯人捕縛に協力してくれていた。

おふくの店が平七郎の休息の場になっていたという事情もあったのだが、源治は進んで、いやむしろ平七郎の手足となって働くのを生き甲斐《がい》のようにしていたから、当時平七郎が手がけた事件は、よく承知していたのである。

その源治が富蔵を見たというのなら、富蔵がこの江戸に舞い戻っていることは確かだと思った。

「そうか、見たのか……」

「平七郎様はご存じだったので」

「噂は聞いていた。実を言うと事実かどうか調べていたところであった」

平七郎は、富蔵の母親を訪ねてみたが二年前に亡くなっていたという話を源治にしながら、富蔵が六間堀をうろついていたのは母親に会いに行ったに違いないと考えていた。

そして富蔵は、母親の店が八百屋になっているのを知り、母親がもうこの土地にいないことを知った。

ところが富蔵は、母親がどこに引っ越したのか、あるいは亡くなってしまったのか、それを隣家の瀬戸物屋の女房にも大家にも尋ねていないことになる。

何故《なにゆえ》隣家や大家を訪ねなかったか……。

母親が引っ越したにしろ亡くなったにしろ、何か伝言はなかったか知りたいのが息子の情というものだろう。

追放されたといっても、その者が母親の消息を見届けるために府内に入り、その住居を訪ねたところで何のお咎めもない。それぐらいのことは容認されている。

だが昔の知人に顔を見せなかったということは、富蔵にはもうひとつ、別の思いがあって府内に入って来たに違いない。

——一刻も早く富蔵を探さなければ……。

平七郎は黒々とした川の流れに、言い知れぬ不安を感じていた。

「本当にお久し振りでございますな。その節はお世話になりました」

横山町にある紙屋『土佐屋』を五年ぶりに訪ねると、主の平左ヱ門は平七郎を奥の客間に案内して、ねんごろに礼を述べた。

平左ヱ門の頭には、すっかり白いものがまじり、一見したところ十年近く会っていなかったような錯覚に陥《おちい》った。

「店も相変わらず繁盛しているようで、なによりだな」

「はい。お陰様でこの通り、私も楽隠居致しまして」

「何、隠居したのか」

「お糸《いと》が婿《むこ》をとりまして、跡を任せました」

「ほう、婿をな」

「あなた様もご存じの宗助でございますよ。実を申しますと、あの時、番頭に昇格させたのも、一つにはお糸の婿を決めるという思いがあったのでございます」

平左ヱ門はそう言うと、茶を運んで来た女中に、お糸夫婦にここに来るようにと言いつけた。

すぐに宗助と赤子を抱いた娘のお糸が顔を出した。

「お久し振りでございます」

宗助は敷居際に座って手をついた。

すっかり若旦那の風格が備わっており、五年前の宗助とは比べものにならない貫禄が見えた。

「立花様、おとっつあんは暇《ひま》を持て余しておりますから、近頃は昔のお知り合いの方が見えるのを楽しみにしております。よろしければどうぞごゆっくりなさって下さいませ」

宗助の隣に座ったお糸も見違えるような若女房ぶりで、平七郎は目を丸くした。五年前のお糸はまだ十五歳ほどだったと思うが、色白の、可愛らしい少女だった。

女は数年で見違えるように変わるものだと思いながら、側に控えている宗助の眼に、油断のならない冷たい光が宿るのを、平七郎は感じていた。

宗助にしてみれば、あの事件ほど嫌な事件はない。その時の同心の顔などあんまり拝《おが》みたくないという気持ちがあるに違いなかった。

「おとっつあん、何か美味《おい》しいものでもおとりしましょう。せっかくですもの」

無邪気に平七郎の到来を喜ぶお糸とは対照的に、宗助は店が忙しいと言い、すぐに座を立った。

「いや、私は少し平左ヱ門に聞きたいことがあって参ったのだ。どうだ、平左ヱ門、散歩がてら外へ出ないか」

平左ヱ門を誘ってみた。

平左ヱ門は一瞬怪訝な色を眼に浮かべたが、すぐに平七郎がなぜ突然現れたのかその意味を察したようで、

「わかりました、参りましょう」

平七郎を見返して頷くと、

「この歳です。足腰は鍛《きた》えたほうがよろしいですからね」

などと屈託のない笑いを浮かべて、平七郎に従った。

二人は土佐屋を出ると道を東にとって、両国橋を渡り、尾上《おのえ》町の料理茶屋『梅《うめ》の井《い》』に入った。

店を出てまもなく、平左ヱ門が、

「お話は梅の井で伺《うかが》います」

そう言ったのである。

梅の井は、紙屋土佐屋が接待につかっている料理屋の一つだと平左ヱ門は言い、座敷に通されると、

「お茶とお菓子は頂きますが、大切な話がありますから、私が呼ぶまでは二人っきりにして下さい」

女将《おかみ》に言い含めて、茶菓子を運んで来た女中が遠ざかると、

「立花様、ここなら誰にも聞かれる心配はありません。あなた様の顔色を拝見して、おおよその見当はついておりますが、どうぞ、なんでもおっしゃって下さいませ」

平左ヱ門は神妙な顔で言った。

隠居したとはいえさすがである。平七郎が口火を切る前に、その中味を察知したようだった。

平七郎は茶を一服すると、静かに茶碗を置いた。

「平左ヱ門、お前は昔のことを持ち出されては耳障《ざわ》りかもしれぬが、ここは大事のないようにと思ってのことだ」

「はい」

平左ヱ門も神妙な顔で見返して来た。

「どうやら富蔵が江戸に舞い戻っているようなのだが、その噂は聞いたことはないか」

「いいえ……そうでしたか。何も聞いてはおりませんが、そんなことだろうと思っていました」

「お前は、富蔵の母親おせきが亡くなった時に、葬式に行っているな」

「はい。実を申しますと、おせきさんの亭主の松之助《まつのすけ》は、昔土佐屋の手代だったのでございますよ」

「そうか、そういう繋がりだったのか」

「私の若い頃の話ですが、松之助にはずいぶんと助けてもらいました。一人前の主になれたのも、松之助が手代として側にいてくれたからです」

「ふむ。ではおせきも昔からの知り合いだったのか」

「いえ、おせきさんは取引先の帳屋にいた人です。なんとか私が商いの道を会得した頃、松之助は店を辞めました。おせきさんと所帯を持って帳屋を開きたいと言いましてね。それで紙については、うちの店から卸しておりました。しかし、二年も経たないうちに風邪をこじらせて松之助は亡くなりました。救いは一粒種の富蔵だけ。おせきさんは生まれたばかりの富蔵を抱いて、ほそぼそと店を守りながら富蔵を育てたのでございます。それで、富蔵が十三歳になった時に、修業させてほしいとうちの店に奉公することに決まったのです。私は本当は、お糸の婿には富蔵をと考えておりました。しかし結果は、あんなことになってしまって、今でも松之助に申しわけない気持ちでいっぱいです」

「ふーむ。しかしそういうことなら、なぜ手代三人を競わせたのだ。あの事件は、番頭をめぐっての競い合いで起きたのではなかったのか」

「はい、おっしゃる通りでございます。しかしあの時は、ああするより方法がなかったのでございますよ。奉公人は富蔵だけではありません。取引先のこともあります。誰もが納得する婿を迎えるためにやったことです」

「しかしだ。僅か三か月競わせたところで甲乙がつけられるものかと俺は思うが……」

「競わせたという事実さえ世間に示しておけば良かったのです。後は富蔵の身辺に格別のことがなければ、私は富蔵と決めておりました」

「何……」

「富蔵にはそのために、前もってこっそり、身辺は綺麗《きれい》なんだろうねと念を押しておりました」

「すると、三か月の間に、何か不都合なことが見つかったのか」

「そういうことです」

「何だね、それは。これからのこともある。教えてくれ」

平左ヱ門は、平七郎の真剣なまなざしに促《うなが》されるように、言葉を継いだ。

「富蔵には女子《おなご》がいたのでございますよ。投げ文がありまして、それでわかったのですが……名はおきち、深川《ふかがわ》の清住《きよすみ》町にある水茶屋に勤めているひとでした。もっとも富蔵を問い詰めると、三か月前に別れたのだと言いましてね、それでこちらも不問に附すつもりでしたが……」

平左ヱ門は言葉を切って、少し迷っていたようだが、

「問題はまだあったのです」

遣る方《かた》ない表情を見せた。

これは済んだことですから、お役人様にはお話ししたくなかったのですがと断りを入れ、

「富蔵は集金したお金のうちから、十両をねこばばしていたのでございます」

「確かなのか」

平七郎は厳しい眼を向けた。十両盗めば死罪である。

「あの、誤解のないように願いたいのですが、その後十両の金は見つかっておりますから

……」

平左ヱ門の話によれば、いくら調べても十両が足りない。そこで富蔵に尋ねたところ、そんな筈はない、自分は店の金をくすねたりしないなどと騒ぎ出して、とうとう富蔵は自分の持ち物全部を存分に改めてくれと言い出した。

騒動は丁稚《でっち》や女中たちにも知れてしまい、本人も希望していることから、決着はそれしかないと思った平左ヱ門は、丁稚の一人に命じて富蔵立ち会いのもとで、富蔵の持ち物を調べたのである。

すると、富蔵の柳行李《やなぎごうり》の中から十両が出た。

一番びっくりしたのは富蔵で、強固に否定したが、平左ヱ門はそれを以《もっ》て、番頭昇格は宗助と決めたのだった。

「しかし、ずいぶん富蔵に不利なことばかり起きたものだな」

「はい……女子のことはともかくも、お金のことは不可解な話でした。しかし、商人の道も武士の道と同じでございます。いつ寝首をかかれるかしれません。富蔵にはその心構えが今一つ足りなかったのです」

平左ヱ門は悔しそうに言い、

「富蔵には出直して欲しかったのですが、あんなことになりまして……しかし、富蔵にしてみれば、あれは宗助に嵌《は》められたと、そう思っているのでしょうな」

「……」

「立花様、富蔵は仕返しのために戻ってきたのでしょうか」

「それを計り兼ねているのだ。富蔵が土佐屋に現れたら、すぐに私に知らせて欲しい」

「承知しました。これはご相談でございますが、私や宗助が嘆願書を提出すれば、追放はもうお構いなしということにはならないのでしょうか」

「やってみる価値はある。私も尽力するぞ」

平七郎は即座に言った。自分でもびっくりする程の速断だった。むろん榊原奉行を信じてのことだったが、問題は宗助だと思った。

——しかしこれでもしもの時は、富蔵を説得出来るのではないか……。

平七郎はそう思っていた。

三

平七郎が、清住町にある水茶屋『花菱《はなびし》』を訪ねたのは、翌夕刻だった。

橋廻りを終えた秀太も深川材木町《ざいもくちょう》にある実家の『相模屋《さがみや》』に帰るというので一緒だっ

た。

花菱は、富蔵の女おきちが勤めている水茶屋である。

店の入り口に大きな壺を置いて、その中に、無造作に桜の枝が活《い》けてあり、

「いらっしゃいませ」

弾《はず》んだ声で出迎えてくれた娘たちは、皆粒揃《つぶぞろ》いの器量よしだった。

揃いの赤い縁取りのある友禅の前垂れをして、そぞろ歩く人々を誘い入れていた。

平七郎と秀太は、まずは茶と団子を頼み、運んできた女におきちというのはどの人かと聞いた。

「おきちさん……」

女はきょとんとした顔をして、

「お峰《みね》さん」

後ろを振り返って、年長の女を呼んだ。

すると、痩せた女が下駄を鳴らして二人の側にやって来て言った。

「おきちさんはもうとっくにいませんよ」

「そうか、辞めたのか」

「もうずいぶんになりますよ。おきちさんのことを知ってるのはあたしぐらいかしらね、

五年前だもの」

「ふむ、すると今はどこにいるか知らないのか」

「永代寺の門前町で見かけたことがありますけど、声もかけられなかった。ずいぶんやつれていてね、どんな暮らしをしているのかしらって思ったけど……」

「お峰とかいったな。あんたは富蔵のことを知っているね。おきちといい仲だったことを……」

「旦那……」

「知ってることだけでいい、教えてくれないか」

「……」

「悪いようにはせぬ」

「……」

「いや、富蔵がここを訪ねてきたのではないかと思ってな」

「旦那、あの男はおきちさんを袖《そで》にした男ですよ。そんな男に、おきちさんの居場所をたとえ知っていたとしても、あたしは教えてやるもんか。塩を撒《ま》いておっぱらってやりますよ」

お峰は勢いに任せて、当時の二人の様子を教えてくれた。

二人が知り合ったのは、おきちが富蔵の母の店に紙を買いに行った時、集金帰りに実家に立ち寄った富蔵に会ったのが始まりだと言った。

それからというもの、富蔵は深川に集金に来るたびにおきちと忍び逢うようになったのだが、いつも店に顔を出すのははばかられると思ったのか、おきちを誘い出す時には、富蔵は新大橋の中程の欄干《らんかん》に佇《たたず》んで、二、三尺の細長い白い小切れを出し、片方を手でつかんで、さりげなく風にまかせて橋の欄干から流すのだった。

花菱の店からは、新大橋は右手北側に見える。

その橋の上で、夕刻に白い小切れが風に身をよじるようにして舞う様《さま》は、訳を知る若い娘たちにとっては他人《ひと》事ならない甘美な恋路のしるしのように見え、おきちより先に見つけては、

「おきっちゃん、お待ちですよ」

などと羨望まじりにからかっていたのである。

二人はきっと所帯を持つに違いないと皆も思っていたし、おきちもそのつもりだったろう。

ところが突然、富蔵は縁を切りたいと言ってきたのである。

おきちが慟哭《どうこく》したのはいうまでもない。

お峰はそこまで話すと、

「おきちさんはね、富蔵さんと所帯を持ったら、富蔵さんのおっかさんを大切にして、あのお店を大きくしたいって、そんな健気《けなげ》なこと言ってたんですよ。あたしたちにもさ、婚礼はしるしばかりだけどちゃんとやるから来てよね、なんて……」

「そうか、それ程の仲だったのか」

「平さん、話を聞けば聞くほど、富蔵って男は馬鹿なことしたもんですね」

側で聞いていた秀太が言った。

「馬鹿なんてもんじゃないよ。大馬鹿さ。うちの店には昔からいい娘が揃ってるって評判なんだけどさ、おきちさんは特別。器量はいいし、気立てはいいし、贅沢《ぜいたく》はしないし。おきちさんを女房にする男の人は幸せもんだと思っていたのに……そんな女を、自分の出世の為に捨てるなんて……他のみんなは知らないことだけど、あたしは昨日のことのように覚えていますよ」

お峰は、大きな溜め息をつき、

「ここから見える大橋は、あの頃と少しもかわりはない筈なのに、橋を見るたびに悲しくなるんですよ。橋だってほら、泣いてますよ、旦那……」

お峰は、寂しげに下駄を鳴らして戸口に出ると、平七郎たちを促《うなが》すように暖簾《のれん》の裾を

摘まみ上げ、

「あたしには、泣いているように見えるんですよ」

悲しげな目で新大橋を眺めて言った。


「立花、ちょっと来てくれ」

詰め所で上役の大村虎之助を待っていた平七郎と秀太のところへ、突然顔を出したのは吟味役与力の一色弥一郎《いっしきやいちろう》だった。

「ではのちほど。こちらの用が終わり次第参ります」

平七郎たちは大村に橋廻りの報告をするために待っている。いくら報告書は秀太が記帳してくれているとはいえ、上役への報告まで秀太に押しつけるわけにはいかぬ。

だが一色は、

「大村殿は薬を買いに行ったんだろ。戻って来るのはいつになるかわからんぞ」

くすくす笑って、

「どうやら女房殿と一戦交えたらしいぞ。額《ひたい》か頬に傷があったろ」

「私たちはまだ本日はお目にかかっておりません。小者の話では庭木を切っていて枝で怪我をしたのだと聞いております」

秀太がむっとして言い返した。

一色は目の前で、手をひらひらと横に振って、

「夫婦喧嘩だよ。若い女房殿がひっかいた生傷を、嬉《うれ》しそうにみせびらかして。報告書のことなんぞ、忘れているのではないかな」

面白そうに笑った時、

「えっへん」

戸口で咳《せき》払いがした。

額と頬に膏薬を貼った大村が立っていた。

「これはご老体……」

さすがの一色も苦笑して、

「待っているぞ、急ぎの用だ」

平七郎に伝えると、猫に睨《にら》まれた鼠《ねずみ》のように、足早に引き返して行った。

平七郎が、大村の顔の膏薬を気にかけながら報告を終え、秀太と別れて一色の部屋を訪ねたのは、半刻も後だった。

「何か言っていたか……」

一色は探るような眼で、大村のその後を聞いてきた。

「いえ、あのお方は、つまらぬことを気にかけるお方ではございませんから」

平七郎がさらりと言うと、一色はほっとしたのか、すぐに真顔になって、そこに座れと促した。

「もうお前の耳には入っているのかも知れぬが、富蔵が戻っているらしい」

「はい。ですがまだ、何故戻ってきたのかつかめておりません」

「それだが……」

一色は、険しい顔を向けて、

「立花、奴は人を殺して、江戸に舞い戻ったのだ」

予期せぬ知らせに平七郎は驚愕した。まさかという思いで一色の顔を見直した。

一色は険しい顔をして言った。

「昨夕、上州藤岡《じょうしゅうふじおか》の村役人から急使がきた」

「富蔵は、藤岡で暮らしていたのですか」

「そうらしいな。藤岡の絹宿『波多野《はたの》家』で手代として働いていたそうだ」

「絹宿で……」

平七郎は後の言葉を失った。それほどの驚きだった。

近年地方絹と呼ばれる関東生絹《きぎぬ》は質を認められ、その絹は上州藤岡に集められた。

近在の女たちが織り、武州上州で絹市は五十か所近くも立ち、この絹を江戸店と呼ばれる江戸の問屋が仕入れに行くのだが、仕入れたからといってそのまま江戸店に持ち帰ることは出来なかった。

大切に梱包して飛脚問屋を使って京都の本店に送り、練、染、張という加工を施《ほどこ》さねば、農村で織った絹は売り物として通用しなかったのである。

そこで、江戸にある四十軒ほどの豪商たちは、それぞれが藤岡にある『絹宿』と呼ばれる宿と提携して、ここを拠点にして絹を買い入れ、京都に送っていたのである。

絹宿になれる者は、村の重要な位置をしめている家で、江戸からやって来る豪商の買い付け人と、絹を売る人たちとの商談を成立させる重要な役目を担《にな》っていた。

藤岡の屋数は千二百軒ほどだが、その半数が商家であり、制度上『村』と呼ばれていたが、その賑《にぎ》わいは『町』だった。

当然博打《ばくち》打ちやくざなど、藤岡にはいかがわしい輩が流れ込む。

追放された者が紛れ込んで生活するには格好の土地に違いないが、信用第一の絹宿の手代になったというのは、よほど富蔵を信用してのことだと思うし、富蔵もこの五年間、その期待にこたえてきたということだろう。

——しかしなぜまた、絹宿の手代にまでなった富蔵が、人を殺したのだ……。

暗然とした気持ちになった。

「何、殺しといっても、余所《よそ》から村に入っていたやくざ者を殺したのだが、殺しは殺しだ。手配書がまわってきたのだ」

「……」

「富蔵の昔の一件はお前が担当した。知らぬ顔ではいられまい。この私にしてもそうだ。今は橋廻りといえども、この一件だけは報せておいた方がよいと思ってな」

「わかりました。手をつくしてみます」

平七郎は暗い顔で立ち上がった。

部屋を出ようとして振り返り、

「殺しの仔細《しさい》はわかりませんか」

一色に聞いたが、一色は首を横に振った。

四

「平七郎殿、お話があります」

仏壇に手を合わせた母の里絵が、数珠《じゅず》を持ったまま膝を回して、後ろで控えている平七郎に向いた。

　里絵は顔に、幼い子を諭すような厳しい色を浮かべていた。

　里絵は毎朝平七郎を側に置いて、亡き夫に手を合わせるのを儀式のように行っていて、平七郎もそれが済まないうちには勤めに出ることも適《かな》わない。

　実際急ぎの仕事がある時には、逃げ出したい気持ちになるのだが、それを我慢してつきあっている。

　ところが当の里絵は、そんなことには頓着しない。

　一刻も早く役宅を出たいと考えながら、諦め顔で座っている平七郎の態度が気に食わぬらしかった。

「母上、手短にお願いします」

　やれやれと思いながら、そう答えると、

「まっ、その態度はなんでしょうか。あなたは、わたくしが御奉行様に面会して参ったことが、そんなに気に入らなかったのでしょうか」

「いいえ……そういうつもりは」

「いいえ、昨日からずっと暗い顔をして、お食事の時だって、わたくしが美味しいですかどうですかとお尋ねしたのに、ふんとかはんとかおっしゃるだけで、口もろくろくきかないではありませんか」

「ですからそれは、別のことを考えていたのです」

「何のことです。おっしゃい」

「それは申し上げることはできません。でも母上、私はけっして」

「いいえ、そうに決まってます」

「そんなことはありませんよ……そうそう、そのことですが、御奉行から母上に伝言がありました」

「御奉行様からわたくしに……」

「はい。若い母でびっくりしたと……美しい母上と話ができて楽しかったと……そして私には、おふくろ様を大切にせよと……」

平七郎は窮余《きゅうよ》の一策とばかり、歯の浮くような言葉を並べた。

「まあ、御奉行様がそんなことを……ほほほほ、平七郎殿、お急ぎなされ、御奉行様のご期待に添えられるようお勤めなされ」

里絵は掌《てのひら》を返したように追い立てた。その時だった。

「平七郎様、おこうさんがお見えです」

庭に下男の又平《またへい》の声がした。

振り返ると、おこうが神妙な顔でそこに控えていた。

おこうには、おきちの居場所をつきとめるように頼んでいた。

「わかったのか」

「はい。永代寺の門前に『萩屋《はぎ》』という仕出し料理屋がありますが、そこで住込みの仲居をしていました」

「よし、行こう」

平七郎はすぐにおこうと役宅を出た。

「ずいぶんと暖かくなりましたね」

おこうは永代橋を渡りながら、遠くに霞《かす》む桜並木を見て言った。だがその後は黙々と橋を渡り、相川町《あいかわ》から富吉町《とみよし》、福島橋《ふくしま》を渡り八幡橋を渡って黒江町《くろえ》に入ると、大通りを東に向かい、門前仲町に入った。

通りに入ると、春の陽気に誘われた遊び客が連れ立ってそぞろ歩き、また旅人の見物客の姿も多く、いつもながら門前仲町は賑わいを見せていた。

平七郎とおこうは、まっすぐ『萩屋』に向かった。

店の前は綺麗に掃き清められて水も打ってあり、店の中にはもう張り詰めた料理屋の忙しさがあった。

「おきちという女子に会いたいのだが……」

平七郎は玄関口で、上がり框《かまち》の雑巾《ぞうきん》がけをしていた女中に聞いた。

「おきちさんですね」

女中はすぐに奥に走ると、二十二、三だろうか、花浅葱《あさぎ》色の小紋の着物に紺桔梗《ききょう》の帯を締め、花柄友禅の前垂れをした、目のすずしげな女を連れてきた。

手に赤い襷《たすき》を握っているところをみると、客を迎えるために支度でもしていたのだろう。

怪訝な顔をしてみせたおきちの首は細くて色白で、どちらかというと地味な色目の着物だというのに、かえってその色に浮き立つような風情《ふぜい》である。

「おきちだね」

念を押しながら、富蔵には勿体ない女ではないかと、平七郎は思っていた。

「はい……おきちですが、私に何か」

「ここではなんだ、ちと聞きたいことがあるのだが」

平七郎は、ちらと奥に視線をなげた。

おきちは頷くと、奥にいったん引き返して断りを入れ、前垂れもとって平七郎とおこうについて来た。

永代寺の門をくぐって境内に入り、藤棚の下の腰掛けにおきちを中にして座った。

「お前にはいまさら、聞きたくもない話だろうが、是非、力を貸してほしいと思ってな」

平七郎は、静かに切り出した。

「富蔵さんのことでしょうか」

おきちは、前を向いて呟《つぶや》いた。

「うむ」

平七郎は、これまでの経緯《いきさつ》を話して聞かせ、もしも富蔵が連絡して来るようなことがあった時には、すぐに知らせてくれるようにと言い聞かせた。

「お役人様……」

俯《うつむ》きかげんにじっと聞いていたおきちが、顔を上げて平七郎を見た。敵を見るような険しい眼の色だった。

「私はあの人に捨てられた女ですよ、どうして私のところに来るというのでしょうか」

「しかしな、俺が考えるに、他に頼るところなど富蔵にはないのだ」

「おっかさんがいるじゃありませんか」

「母親は二年前に亡くなっている」

「おっかさんが……」

おきちの表情が動いた。驚きがみるみる悲しみに変わっていくようだった。

「お気の毒なおっかさん……」

「富蔵さんのおっかさんとは、よく知った仲だったんでしょ」

おこうが優しい声で聞いた。おこうの声は包み込むような優しさに溢《あふ》れている。それもあってかどうか、おきちは険しい顔を解いて、

「私は富蔵さんには酷《ひど》い目にあいましたけど、あのおっかさんまで恨む気にはなれませんでした」

富蔵の母親おせきは、富蔵が追放になってすぐ、花菱にいたおきちを訪ねてきて、

「私はね、おきちさん。あの子にこんなことを言ったことがあります。お前のおとっつあんは土佐屋さんでは手代で終わっています。お前は勤めるからには番頭にきっとなっておくれ。草葉の陰でおとっつあんもそれを楽しみにしているんだからって……馬鹿なことを言ったものです。母親の馬鹿なひとことが、あの子を狂わしてしまったのです」

おきちに手を合わせるようにして、そう謝ったというのである。

むろんおきちが、そんな言葉ぐらいで許せる筈はない。

黙って聞いていると、

「あの子がこの江戸を離れる時に聞いたのですが、あの子がねこばばしたというお金は

ね、宗助さんがこっそり集金袋から持ち出して、あの子の行李の下に入れていたっていうんですよ。見た者がいて、騒動が終わって番頭が決まった後で知らせてもらったんだって……身寄りがない人でね、富蔵がそんな話を持ち出せば、後で宗助さんからいじめられる、そう思って名前は出さなかったらしいんだけど。罰があたったんだね、あの子。こんなに可愛い人を酷い目にあわせたのだもの……」

あの子のかわりに私に出来ることがあればなんでも、お詫びのつもりでさせて下さいと

おせきは涙ぐんだというのである。

おきちはそこまで話すと、ふっと自嘲するような笑いを浮かべて、

「お役人様、私はあの言葉で、おっかさんのあの言葉で、富蔵さんを憎み続けることができなくなりました。一年、二年と経つうちに、新大橋の上でじっと私の行くのを待っていてくれた、富蔵さんの姿だけが心に残っているのに気づいたのです。白い小切れを風に流して待ってくれていた姿もそうですが、私、今でも夕立があると、富蔵さんを思い出して、はっとするのです……」

それは、春もはじめの頃、冷たい夕立が降った時があった。

桜もまだ咲き始めたばかりで、雨は氷を溶かしたように冷たかった。

「あれ……おきっちゃん、あの人、富蔵さんじゃないの」

お客を見送って出た同僚が、接客をしていたおきちに言った。

「まさか、この雨だもの」

おきちが笑った。

軒から落ちる雨足は、もうすっかり通りを濡らして、あちらこちらに水溜まりをつくっていた。

「ほんとだって、早く」

急《せ》かされて戸口に出ると、薄い布が風に靡《なび》きながら移動していくような雨の向こうに、霞《かす》んで見える橋の上に、一人の男が佇んでいるのが見えた。

――富蔵さん。

影のようなその姿に、おきちは人にはわからぬ富蔵とのつながりを見た。

おきちは傘をひっつかむと、新大橋に走った。

東袂から一気に橋の上にかけ上がると、そのまま橋の中央まで小走りした。

富蔵は雨に打たれながら、腕を組んで小さく足踏みをして、花菱を見詰めていた。

「富蔵さん……」

おきちの目から、熱い涙があふれ出た。

ふいに横手から名を呼ばれた富蔵は、

「よう……」

はにかんだような顔をして手を上げると、おきちが差しかけた傘に入って来た。

「いったいどうしたのよ、富蔵さん」

「なあに、急に会いたくなっただけさ。店にはおふくろに呼ばれたからって嘘をついて飛んできたんだが、考えてみりゃああんたにだって都合がある。それでここで、早く気づいてほしいって、待ってたんだが……」

「馬鹿ね。早くどこかで着物かわかさないと……」

「おきち……」

引き返そうとしたおきちの腕を、富蔵の逞《たくま》しい腕がつかんでいた。

「富……」

見返すと、富蔵は燃えるような眼でおきちを見ていた。

おきちの話はそこで終わった。

口をつぐんで、おきちは込み上げてくるものを押し込めているようだった。

平七郎もおこうも、おきちと富蔵が、それをきっかけに男と女の関係になったのだということは、ふっとおきちの顔を彩《いろど》った恥じらいにも似た表情で察しがついた。

おきちは、首を起こすと湿った声で、呟くように言ったのである。

「あの時の富蔵さんを、忘れたことはありません。あの時の富蔵さんには、嘘はなかったと思っています……でも」

おきちは、ぐいと首を伸ばすと、

「富蔵さんを憎むことは止めましたが、一生許しません。許してしまったら、この身を支えているつっかい棒が取れてしまいますもの。捨てられた女だって、ちゃんと生きてる、生きてやるって……後ろなんか振り向かないぞって……きっと幸せになってやるって、自分に言いきかせているんです私……」

おきちは、複雑な表情をみせた。

その時だった。

突然表門の外から、どらや三味線やら、聞き慣れない楽器と一緒に奇妙な歌が聞こえて来た。

「カンカンノウ、キウレンス、キュワキニデス、サンジョナラエ、サイホウ、ニイカンサン……」

境内にいた人たちも、その聞き慣れない唱和に表門に引き寄せられるように小走りに行く。

おきちは思い出したように立ち上がると、表門に向かった。

「おはる……」

「平七郎様、なんでしょう」

おこうも立ち上がった。

平七郎も釣られるように立ち上がると、おきちの後を追って表門に出た。

たいへんな人だかりが出来ていて、その輪の中で琉球《りゅうきゅう》人の下官のなりをした踊り子が、近所の子供たちをまじえて手を振り足で拍子をとって踊っていた。楽器を演奏する者も、同じような服を着ている。

「平七郎様、かんかん踊りですよ」

おこうが耳元にささやいた。今、江戸で評判になっているというかんかん踊りというものを見るのは初めてだった。

その時である。

踊り子たちに混じって踊っていた可愛らしい四、五歳の女の子の腕を、おきちが割って入ってひっぱったのである。

「駄目よ。皆さんの邪魔をしては……」

おきちは女の子の両肩に手を置くと、めっと睨《にら》んだ。

「おっかさん」

女の子が、おっかさんと言ったのである。

「おきち、お前の子か、この子は」

平七郎は目を丸くした。

おきちは苦笑してみせた。

「すると、あの……」

おこうが、富蔵の名を出すのを憚《はばか》るように口ごもる。

「いいえ、違います。この子は誰の子でもありません、おはるは私の子です」

おきちは、きっぱりと言ったのだった。


「平七郎様、やはり富蔵さんは、おきちさんに会いに江戸に戻ったんですね。富蔵さんは、あのおはるちゃんという娘さんが、自分の子だってこと知っているのかもしれません」

おこうは、おはるの手を引いて店に帰っていくおきちの後ろ姿を眼で追った。憎むのは止めたが、許すことは出来ないと言ったおきちの言葉は、おはるがいるから言えた言葉ではないかと、おこうは言うのである。

確かにおこうの言うように、追い詰められた人間が最後に求めるのは、親兄弟や女房子供であることは、いうまでもない。

「辰吉に張り込むように頼んでくれ」

平七郎は、おきちから目を離さないようにおこうに頼み、藤岡の絹宿を波多野家としている品川《しながわ》町の豪商『井筒屋《いづつや》』を訪ねて行った。

名を名乗り、用向きをひとこと伝えただけで、奥から支配格の者が出てきて、すぐに奥座敷に案内されたのである。

手代が三十人もいるかと思われるこの店は、庭に贅《ぜい》を尽くしていて、周りに建つ幾つもの白壁の蔵を見ても、その商いの大きさが知れた。

平七郎が出された茶を飲みながら、庭を眺めてしばらく待っていると、

「井筒屋善右ェ門《ぜんえもん》でございます。そしてこれは藤岡に買い付けにやっております、役頭格の庄五郎《しょうごろう》と申します」

井筒屋が腰を低くして入って来た。

「どうぞなんでも、この者にお尋ね下さいませ。私も庄五郎の話が終わりましたら、お役人様にお願いがございます。庄五郎……」

井筒屋はそう言うと、話を庄五郎に譲った。

「では、庄五郎とやら、藤岡で起きた富蔵の事件のことだが、お前が知っていることを話してくれ。実のところ何もわかっていないのだ。富蔵が人を殺して江戸に入っている、それだけだ」

「立花様、まず先に申し上げておきますが、富蔵さんは人を殺しましたが、波多野家の娘さんを助けるためにやったことです」

「何……それはまことか」

「はい。事件のことも含めまして、私の目で見てきたことをお話し致します」

庄五郎はそう言うと、律義《りちぎ》に、両膝に手を置いて静かに語った。

それによると、庄五郎が絹宿波多野家で、富蔵を紹介されたのは四年も前のことだった。

当時、富蔵は農村をまわって絹の織物の出来具合を見て、江戸から絹宿にやって来る買付役に助言を与える場造《ばづくり》の一人、太兵衛《たへえ》という年寄りの手伝いをしていた。

場造というのは絹宿の主が雇っている地元の人間で、太兵衛も場造衆と呼ばれる一人だった。

当然買付役とも面識があるわけだが、ある日のこと、庄五郎は農村見回りの途中でまむしに足をかまれた。それを知った富蔵は、庄五郎を背負って、しかも自分の体と庄五郎を紐《ひも》で固く結び、藤岡の村医者まで走りに走ったのだった。

お陰で庄五郎の命は助かったのである。

まもなく太兵衛が隠居すると聞いた庄五郎は、波多野家の主波多野嘉平《かへい》に、ぜひにも富蔵を場造の一人に加えてくれるように頼んだのであった。

ただの恩情だけでそう言ったのではない。富蔵の眼には鋭い商人の感覚が備わっていて、太兵衛についていた一年半ほどの間に、絹を見分ける確かな眼も養っていたのである。

波多野嘉平も同じようなことを考えていたらしく、すぐさま富蔵は場造衆の一人として迎えられた。

日常のように波多野家に出入りするようになった富蔵は、やがて波多野家の一人娘お花《はな》に望まれ、外出につき添うようになり、波多野嘉平は富蔵を、波多野家にいて場造と連絡をとる手代格に据えたのであった。

お花は富蔵に全幅の信頼を寄せていたし、富蔵もお花を妹のように可愛がっていた。

ところがこのお花が、とんでもないやくざ者に心を許し、その隙をつかれ村の神社で手込めにされそうになったのである。

たまたまお花を探し歩いていた富蔵は、これを見つけて揉み合いになり、気づいた時には、相手が誤って自分で自分の腹を匕首《あいくち》で刺して死んでいたというのであった。

やくざ者の名は伝蔵《でんぞう》と言い、ちょっといい男で、お花は祭りの晩に知りあったと言っていたが、富蔵は口をすっぱくして注意していたから、お花はどうやら富蔵の目を盗んで伝蔵の呼び出しに応じたようだった。

伝蔵の腹はわかっている。

うまく手込めにしてお花と繋がりが出来れば、養子は無理でもたんまり金をしぼりとれる、そう考えていたに違いなかった。

「ごめんなさいね、富蔵……」

お花は泣き崩れた。

まだねんねのお花は、はじめて男の怖さを知ったようだった。

富蔵はお花を抱き抱えるようにして屋敷に連れ戻ると、すぐに姿を消したのだという。

「富蔵さんの過去の話は聞いておりました。嵌《は》められて追放になったことも知っております。私も同じような奉公人、富蔵さんの気持ちはわかります。ですから、追放者と聞きましたが、普段の働きをみていて、少しも偏見をもったことはありませんでした。それがまたこのようなことになって……。気の毒で……波多野家の伝言を持って急いで江戸に帰って参ったのでございます」

「そうか、そういう事情だったのか。で、一つ確かめておきたいのだが、富蔵が江戸を追放になったいきさつは、誰かに嵌められたと言ったのだな」

平七郎は念を押した。

おきちから聞いた話を思い出していた。

富蔵は母親にも同じような話をして江戸を出ている。

「富蔵さんはそのように言っておりました。確かめる術《すべ》はございませんが、奉公人の世界ではない話ではないと存じます」

平七郎が頷くと、それまで黙って聞いていた井筒屋が口を開いた。

「私の方からお奉行所をお訪ねしてお願いしようと思っていたところですが、波多野家、場造衆、そしてこの井筒屋と、連名で嘆願書を提出させて頂きたく存じます」

「嘆願書を……」

「はい。立花様にも是非、ご協力をお願いしたいのでございますが……」

捕らえたら逃がさない迫力のある井筒屋の目が、平七郎に真っ正面から迫ったのである。

「承知した。やってみよう」

平七郎は頷いた。

五

――事の始まりはつまらぬ欲のため、おきちを袖にしたことだ。

富蔵は、尾上町の料理茶屋『梅の井』の船だまりで、たゆたう水に己《おのれ》の妄執《もうしゅう》を問うていた。

水はそこだけが澱《よど》んでいて、小さな波が打ち寄せるたびに、今岸から剝《は》がされたごみが、また戻されて来る。

ごみは岸に取りすがることも、大海に押し出されることもなく、ずっとこの場所で翻弄《ほんろう》されて、朽《く》ちれば川底に落ちて行くほかないのだと思った。

富蔵は深い溜め息をついた。

その口元には髭《ひげ》がうっすらと生え、月代《さかやき》には胡麻《ごま》が吹き、目が落ち窪《くぼ》んで見る影もない様相を呈していた。

しかし昔は――。

俺にも驕《おご》りがあったのだと思う。

土佐屋は父親がかつて奉公したところで、父親は並々ならない尽力をして店を盛り立てたのだと聞いていた。

その店に奉公に出て、かつての父親の働きを胸の中では誇示していたきらいがある。今更つっかいにもならぬそんな自負を抱きながら勤めていたことが、他の手代と比べられ、番頭になれるかどうかを決めると言われたとき、正直富蔵には面白くなかったのである。当たり前のその道筋に、富蔵は表面ではとりつくろっていたが、心中は憤然としていたのであった。

――俺が負けてなるものか。うまくいけば、俺は番頭に昇格し、行く末は土佐屋の主になれるかもしれないのだ。

その気持ちが高じておきちを捨てた。

しかしその結果は、なんなく謀《はか》られて敗退したのであった。

――あの時、気持ちを切り換えて店を辞め、おきちと所帯を持っていれば……。

追放になった時、何度そう思ったことか。

前途に希望を失った富蔵が、ふたたび生きる希望を抱くことが出来たのは、藤岡で太兵衛と巡りあったことによる。

また、波多野家の娘お花は、目鼻立ちがおきちそっくりで、見間違えるほどだった。

お花を可愛く思うのは過去への贖罪《しょくざい》のつもりかと自問自答してみたが、その気持ちは純粋だったと思っている。

あの時――。

お花がやくざの伝蔵に手込めにされそうになったその場に行き合わせた時、富蔵は夢中で相手に飛びかかった。

伝蔵が匕首を出した時、殺されるかもしれないという恐怖に襲われたが、自分の身がどうなろうとお花は救わなければと、がむしゃらに闘った。

自分の出世のためにおきちを捨てたが、あの時は自分を捨てて闘ったのだ。

突然伝蔵が蹲《うずくま》り、息絶えたのを見て、初めて富蔵は我《われ》にかえったのである。

俺はとうとう人殺しになった、すべてお終《しま》いだと思った時、富蔵の胸には、このままでは死ねないという無念が胸を覆《おお》った。

――おきちに、きちんと詫びて死にたい。本当の俺の心を伝えて死にたい。

手前勝手な存念だが、

――おきち、俺がこの世で愛しいと思ったのは、お前一人だ。

それを伝えたいために、江戸に舞い戻った。

だが、門前仲町におきちの姿を見つけた時、富蔵は声もかけられずに引き返して来たのである。

おきちは、商人体《てい》の男と連れ立って、小さな女の子の手を引いて、八幡様の境内に入って行ったのである。

おきちの腹に、自分の子が宿っているらしいことは、母親の手紙で知っていた。

手を繋いでいるあの子は、自分の娘に違いないと思いながらも、気が臆《おく》したのであった。

負け犬のように引き返してきた富蔵が、勇気を出してもう一度おきちに会ってみようと思ったのは、あの女の子の存在が気になったからだった。

おきちがどんな人生を送ろうが、あの子にとっては俺が父親、せめてなにがしかの金を渡して養育の足しにしてほしいと考えた。

——俺に出来ることはそれしかない。

今、料理茶屋『梅の井』に張り込んでいるのは、その為だった。

紙屋組合の会合が、毎月十日、梅の井で行われていることは、ずっと以前から富蔵は知っていた。

富蔵は、後ろで人のざわめきを聞いて振り返った。

やはり……玄関から出てきたのは、紙商人たちだった。

目を凝《こ》らして見ていると、土佐屋の宗助がようやく出てきた。

先輩商人たちに如才のない笑みを送る宗助の体には、すっかり老舗《しにせ》商人の雰囲気が漂っていた。

「おい」

人の切れたのを見て、富蔵は宗助の前に出た。

「富蔵……」

驚愕する宗助を岸の下にひっぱっていって、肩をつかんで引き据えた。

「な、何をするんだ」

「胸に手を当ててみろ。すっかり土佐屋の看板を手に入れたようじゃないか。今更だが礼をしてもらおうじゃないか」

「貴様……」

殴りかかろうとする宗助の腕をぐいとつかんで、富蔵は言った。

「いいのかい、ごたごたを起こしてはまずいだろ。三十両で手を打とう、三途《さんず》の川の渡し賃だ。最初で最後、安いもんじゃないのかね」

「わ、わかった」

宗助は、怯《おび》えた顔で言った。

「今夕七ツ半過ぎ、そうだな……薬研堀《やげん》にある夫婦柳の下に持ってこい。約束を違《たが》えたら、今度は命をとる。俺にはもう怖いものなんてないからな」

富蔵はすごんで見せると、

「行け」

宗助を突き放した。

慌てふためいて帰って行く宗助を見送ると、富蔵はゆっくりと舟付き場を離れて行った。

その時だった。舟付き場の猪牙舟がぐらりと動いた。

舟底で手ぬぐいで顔を覆って眠っていた爺さんが立ち上がり、険しい眼で富蔵の背を見送った。船頭の源治だった。

「源さん……富蔵が土佐屋の宗助を脅していたのは間違いないんだな」

平七郎は、木槌を懐にしまうと猪牙舟の上の源治に聞いた。

源治は、平七郎たちが点検をしていた東堀留川の和国橋《わこく》にその姿を認めると、舟を河岸に着け、

「平七郎様……」

橋の下から呼んだのである。

橋の上では秀太が大工に注文をつけていた。

昨夜おきた堀江町のぼやで、橋の欄干の一部が焼け焦《こ》げていたのである。欄干の修理はむろんだが、秀太は大工に他にも傷んだところはないかと入念に調べさせていたのである。

いつものことだが、秀太は手抜きはしない。念のいった仕事をする。

平七郎も木槌を持ってあちらこちらを叩いていたが、内心は富蔵の行方が気がかりだった。

実は十日程前に捕まえた石投げ事件の犯人の一人、古着屋の巳之吉が、自分たちを殴った相手は土佐屋の手代だったと思い出したのである。それが富蔵であることはほぼ間違いなかった。

平七郎はその連絡を、一色弥一郎から受けた。

富蔵がそれで確かに江戸にいることはわかったが、その後どこに潜んでいるのか知る者はいなかった。

源治はかねてより川筋で富蔵を見かけたことから、猪牙舟を走らせて丹念に調べてくれていたらしい。

源治は、ひょいと舟から下りると、

「富蔵は馬喰《ばくろ》町の安宿に泊まっていました。宗助と約束した七ツ半までひと眠りと思ったんでしょうな。旅籠《はたご》に入りました。あっしはそれを見届けて、平七郎様を探していたのでございやす」

胸を張った。

かつて平七郎の手足となって、犯人捕縛に一役買っていた頃の、目の光が戻っていた。

「七ツ半に薬研堀だったな」

平七郎は源治に念を押した。

――まさか逃亡する金を無心したわけではあるまい。きっとおきちに会いに行くに違いない。

橋の点検を終えた平七郎は、同道したいという秀太を連れて、和国橋を後にした。

富蔵は、七ツの鐘が鳴るとまもなく薬研堀に現れた。

髭も剃り、月代も綺麗になっていたが、頬が落ちて、疲労の色が遠くからでもみてとれた。

富蔵は用心深く辺りを見渡すと、薬研堀に架かる元柳《もとやなぎ》橋という橋の袂にある水茶屋に入った。

橋の袂にある柳の老木、夫婦柳を真正面に見える椅子に座り、運ばれて来た茶をゆっくり啜《すす》った。

だがその目は、けっして柳の木を外さない。

平七郎たちも富蔵と柳の木が見える物陰に立ち、宗助が現れるのを待った。

やがて宗助が現れて、その懐から包みを差し出すと、富蔵はひったくるように取り、自身の懐に忍ばせた。

「帰れ」

富蔵は宗助を追っ払うと、懐に手を差し込んで大川端を下流に向かった。

ここからしばらくは武家屋敷が続く。

松平丹波守《まつだいらたんばのかみ》、諏訪因幡守《すわいなばのかみ》、一橋《ひとつばし》殿……富蔵は単調な足取りで黙々と歩き、新大橋広小路で立ち止まった。

おきちの勤め先に行くには、この橋を渡るか、もう少し河口の永代橋を渡って行くかいずれかである。

富蔵は橋袂の桜の木の下に入った。

花は散って葉桜となっているが、風が起きると思い出したように柔らかい葉をつけた枝が揺れている。

富蔵は、その木に背を凭《もた》せかけた。

どうやら新大橋で誰かを待つらしい。その誰かとは、おきちに違いなかった。

陽が急速に落ちて冷たい風が起こったと思ったら、糠雨《ぬかあめ》になった。

暮れ六ツの鐘が鳴り始めた頃には、辺りは目に見えないほどの霧の雨が、風に飛ばされるように川を渡っていた。

富蔵は鐘が鳴り終わると橋を渡り始めた。

人通りは雨のためか絶えている。

富蔵はしかし、橋の中程で立ち止まった。

雨に濡れながら、花菱の方角に目を遣った。

「富蔵」

背後から平七郎が声をかけた。

「旦那……」

富蔵が驚愕した目で見返した。

「何をしているのだ、こんなところで」

「……」

「おきちに会いに行こうとしているのか、それともここで待ち合わせているのか知らないが、悪いことは言わぬ。その懐のものをこっちへよこせ」

「旦那……」

富蔵は退路を探して一方を見たが、そこには秀太が立って見ていた。

「懐の物は金だろ。その金を俺に渡して一緒に来るんだ」

「嫌だ。旦那、後生だから、おきちに会わせてくれ。おきちに会って、これを渡したら旦那のいう通りにする。約束する」

「脅して奪ったその金を渡しても、おきちが喜ぶ筈がない」

「旦那、かんべんして下さいよ。おきちが連れている娘、あれは、私の娘なんです」

富蔵は胸を叩いた。

一瞬だが目を輝かせた。だが、すぐに、切ない目をして言った。

「信じられないほど可愛い娘っこでした。あれが私の娘なんだ……そう思うと、最初で最後の、親としての気持ちを渡してやりたい……それだけなんです、お願いします」

「駄目だな。お前のいうことは聞けぬよ」

「旦那」

「お前の気持ちがわからないわけではないが、考えてもみろ。会ってどうするのだ」

「……」

「おきちはな、お前を憎むことはよしたが許すことは出来ないと言っていた。お前を許さないという強い気持ちが、今のおきちを支えているのだ。そんなおきちが、お前に会いに来る訳がない」

「わかっています。許せないことは百も承知です。でも私は……私は、おきちに伝えたいのです。私の気持ちを……たった一人のひとだったと……」

「富蔵、そんな殊勝な気持ちがあるのなら、やり直せ。出直して、無罪放免、綺麗な体になってからでもいいのではないか」

「馬鹿な……旦那、捕まったら死罪ですよ」

「いや、事情が事情だ。お前のまわりの人たちは、波多野家も、場造衆も、井筒屋も庄五郎も、みんなお前のために嘆願書を書くと言っている。俺も尽力するつもりだ。お前は事の次第を神妙に告白してお裁《さば》きを待つのだ。どう転んでも死罪などにはならぬよ。相手は娘を手込めにしようとしていた輩だ。父親なら、即座に殺したとしても罪にはなるまい。むろんお前は父親ではないが保護する役目を担っていたのだ。十分情状酌量の余地はある。奉行所もばかではないぞ」

「……」

「お前を免罪にするために言う。その金を宗助に返せ。そんな汚い金はな、富蔵。お前の娘には似合わぬぞ」

「旦那……立花の旦那」

富蔵は、へなへなとその場にくずおれて膝をついた。

うなだれた富蔵の肩は、しっとりと濡れていた。

痛々しく見えた。

気がつくと平七郎自身の体も、羽織を通して冷たい雨にじんわりと湿ってきているのがわかった。

富蔵は膝をついたまま、懐から包みを出し、平七郎の前に置いた。

その時だった。

橋の東袂に女傘の頭が見えた。

赤い蛇の目の傘だった。

富蔵も平七郎も、女傘が順々に現れるのを注視した。

近づいて来る下駄の音は、こつっ、こつっと、ゆっくりとした足取りで、ためらいさえあるように思われる。

煙《けぶ》るような雨の中に、赤い傘を差した女の姿が見えた時、

「おきち……」

富蔵がふいを突かれたように呟いた。

女がぴたりと止まった。

傘を傾けてじっとこちらを見詰めている。

おきちだった。

「おきち」

富蔵が叫んだ時、堰《せき》を切ったように女が下駄を鳴らして駆け寄った。

「富蔵さん」

平七郎は、すばやく富蔵が置いた包みを懐にしまった。

二人は手を取り合った。それ以上の言葉はいらないようだった。

その肩に、優しい雨が降りそそぐ。

「平七郎様……」

おこうが近づいて来た。

「おこう」

「富蔵さんから呼び出しの手紙がきたんですよ」

おこうは、ちらとおきちを見遣り、

「おきちさん、ずいぶん迷っていたようなんですが、でも今会ってあげなければ、富蔵さ

ん は駄目になるって……」

「そうか……」

平七郎はおこうを促すようにして、富蔵とおきちに背を向けると、大川を見た。

「平さん……」

秀太も、平七郎の側に並んで大川を見た。

秀太は泣いていた。

——後は嘆願書だ。藤岡での仔細《しさい》がわかれば、あのお奉行のことだ。きっとこちらの意を汲んでくれるに違いない。

平七郎は、そぼ降る雨の大川の東岸に、ひとつ、またひとつと、暖かい軒行灯の点《とも》るのを見て誓っていた。

第二話　螢舟

一

「平さん、駄目ですねこれは。外からはわかりませんが、ほら」

秀太は、欄干を木槌で叩いてみせ、

「違うでしょうこの音。ここ、中は腐ってぶわぶわになってるんですよ」

「ふむ」

平七郎も叩いてみた。

なるほど、他の場所を叩いた時と音が違った。

「どれぐらいの修理になるのか……通行人がここに寄っかかって川におっこちでもしたら大変ですからね」

秀太は、首を回して橋の端から端までを見渡した。

すばやく頭の中で、予算を見積もっているようだ。

「全部が全部というわけではあるまい」

平七郎は、もっともらしい言い方をした。

実家が材木商ということもあって秀太の木を見る感覚は、平七郎がどう頑張っても追いつくものではない。

だから平七郎は、二人が手がけた仕事の責は自分が負うつもりだが、日々の細かい修理については秀太の意見を尊重している。

とはいえ、同心としては秀太の大先輩にあたるわけで、時折、言わずもがなの意見を述べたりするのである。

「大工によく調べさせた方がいいな」

平七郎はもう一度そんなことを言い、自身も東から西にざっと橋を見渡した。

二人が点検しているのは、三十間堀川《さんじっけんぼり》にかかっている木挽《こびき》橋であった。

川幅が三十間（約五十四メートル）あることから、三十間堀川と呼ばれているが、川の西側は問屋が多く、東側は芝居小屋や料理屋が軒を並べている。

したがって橋の長さも三十余間あり、その一部の欄干がぐらついていると通報があり、急遽《きゅうきょ》木挽橋の点検にやってきたのであった。

「秀太、おい秀太」

「ちょ、ちょっと待って下さい」

秀太は言い、懐から帳面を出したが、

「忘れた。平さん、せっかく目算したのに、忘れたじゃないですか」

頬を膨《ふく》らませた。

「すまん、すまん。そのなんだ、三河屋《みかわ》に張り紙をするように言いつけてくるか」

三河屋とは、この橋の管理を言いつけてある町役の一人で、御用御菓子処という看板を揚げる和菓子屋であった。

「じゃ、私はとにかく奉行所に戻って、大村様に許可を頂いてきます」

「よしわかった、そうしよう」

「私はそのあと、棟梁《とうりょう》に会ってきます、もう今日はこちらに戻りませんから」

「いいよ、そうしてくれ」

「では……」

秀太は軽く頭を下げると、羽織をなびかせて大股に橋の西側に下りて行った。

――秀太め、同心にしておくのは勿体ないんじゃないか。

平七郎は苦笑して見送ると、木槌で欄干を叩きながら、西袂に向かった。

橋を叩いているのは癖のようなもので、秀太のように全身耳にしてその音を聞き留めているわけではない。

一人で点検する時には、木槌で拍子をとって聞き覚えた浄瑠璃《じょうるり》語りをやってみたりするのであった。

――おや……。

西側河岸に見覚えのある小舟が繋いである。

――そうか、あの娘が来ているのか。

平七郎は欄干越しに、波に揺れている小舟を覗《のぞ》いた。

小舟の舳先《へさき》には赤黄青三色の風車をつけてある。そんな舟は他にはなかった。

小舟の持ち主の名はお力《りき》、二十歳《はたち》になるかならぬかと思うのだが、れっきとした魚売りである。

がっちりとした体つきで、日に焼けた肌を持ち、目は大きいが鼻は団子鼻で、髪を無造作に櫛《くし》巻きにし、その上に向こう鉢巻きを締めている。

しかも男の向こうを張って、めくら縞《じま》の腹掛けをし、膝あたりまでしかない短衣を着た娘で、商家や武家の娘がきらびやかに着飾っているのを見慣れている平七郎は、最初会った時には度肝を抜かれた。

平七郎は、お力に二度会っている。

一度目は、三月《みつき》程前だった。

臨時の捕物に駆り出されて、この木挽橋を監視したことがあった。

捕物は明六ツ頃に終わって、皆が引き上げて行った後に、静かに橋の西側河岸に小舟を繋ぐ者を見たのである。

――全員捕り押さえたと言っていたが、仲間がまだいたのか。

平七郎は、明け始めた河岸に静かに下りていった。

舟の舳先では、風車が川風を受けて強く弱く回っていた。

――怪しい奴だな。風車は目印か……。

「おい、そこの者」

小舟の中でごそごそやっていた者に声をかけた。

ぎくりとして見返したその顔は、一見男と見紛うが、よく見ると女だったのである。それも真っ黒い顔の娘であった。

「ああ、びっくりした」

娘は大袈裟《おおげさ》に目をくりくりさせた。

「こんなところで何をしているのだ」

「何をって、見りゃあわかるだろ。これから魚を売りに行くんじゃないか」

「何、魚を……」

舟の中を覗くと、なるほど、盤台に魚が入っている。それに振り売りの棒も横たわっていた。

「これをお前が担ぐというのか」

「おかしいかい、おかしかないだろ。あたいは芝《しば》では『風車のお力』って言われてるんだ。そんじょそこらのなまっちょろい兄さんなんかにゃ負けねえぞ」

「ふむ」

「何見てるんだよ、急ぐんだ、邪魔だよ、退《ど》いてくんな。魚はね、活《い》きが勝負なんだから」

お力は舟の中から盤台二つを、ひょいひょいと岸に上げると、今度は担ぎ棒をつかんでひょいと岸に飛び下りた。

慣れた手つきで担ぎ棒に盤台の紐《ひも》をひっかけて、軽々と肩に担ぐ。

感心するほかない身のこなしだが、胸は頓着なくはだけているし、大きな足はにょっきりと出しているし、目のやり場に困るといえば困るのだが、物珍しくて見ていると、

「そうだ、人の名前を聞いておいて自分は名乗ってないじゃないか。名前は？」

お力は行きかけた足を踏ん張って顔をねじり、ぶっきら棒に聞いてきた。

「俺か、俺は立花平七郎だ」

「立花平七郎、町方の旦那だね。覚えておくよ、じゃあな」

お力は、前後の荷の揺れに合わすようにして、器用に腰で調子をとって西側の町に消え

て行ったのである。

平七郎は呆気《あっけ》にとられて見送ったが、

――お力か、面白い娘だ。

妙に興味をそそられた。

二度目に会ったのは、そういう印象がまだ頭の隅にあった頃、ひと月前ぐらいだったと思うが、尾張《おわり》町二丁目の裏店に盤台を担いだお力が入って行くのを見かけた。

急いで追っかけて、お力が消えた木戸から、しばらく様子を覗き見ると、お力は長屋のかみさん連中を相手にして、巧みに魚を売っていた。

その口上は、今思い出しても笑いが吹き出して来る。

お力は、掌をこすり合わせるように手を叩いて拍子をとり、海千山千の女房たちを誘うのであった。

「かけ値なしだよ……この風車のお力の言うことには嘘はねえ。魚は日本橋の魚河岸だと思ってるらしいが、こちとら、今朝とれた魚をまっすぐこっちへ持ってきてるんだ。いいですかい、むこうは漁師から問屋に送り、その問屋から仲買へ、そうしてやっとセリに出すんだぜ、活きがちがわあな、こっちはさっきまでピンピン跳ねていたんだからね。どうだいこの芝海老は……こっちはあじだ。それともなにかい、かれいにするかい」

すると一人の女房が言った。

「その、かれいはいくらだい」

「よしきたどっこい、二百でどうだい」

「二百……高いよ、百にしておくれ」

「なんだなんだ、姉さん、美人のくせしてきついこと言うじゃないの」

ぽんぽんと手を叩いて、ちらと見る。

そこらへんにいるくたびれた女房にだ。

女房は、柄にもなくはにかんだ。

お力はここぞとばかり、

「百だったらあたいの方が買いたいよ。このかれいは見ての通り一尺五寸はあるんだぜ、あたいのおとっつあんが、命を張ってとってきた魚だよ、冗談言っちゃあ困りますぜ。とはいえこれも御縁だ。ええい、しょうがねえ、百六十でどうだ」

なんとお力は、その古女房に有無をいわさず売ったのである。

——風車のお力か……今頃、どの町を回っているのやら。

平七郎は苦笑して西袂の三十間堀六丁目に下りた。

和菓子屋の三河屋は数寄屋《すきや》橋御門へ抜ける大通りに面して看板を出していた。

「主《あるじ》はいるかな」

入り口に立っていた丁稚《でっち》に聞いた。

「へい」

丁稚は困った顔をしてみせたが、その原因はすぐにわかった。

平七郎が聞くまでもなく、店の中から怒鳴り声が聞こえて来た。

「すみません、すみませんと謝ってすむってもんじゃないでしょう。謝ってすむのなら御奉行所はいりませんよ、そうでしょう」

怒鳴っているのは、どうやら三河屋の人間ではないようだった。

暖簾《のれん》を割って中に入ると、山城《やましろ》屋の文字を白抜きした半纏《はんてん》を着た男の後ろ姿が見えた。

その店の奥の框《かまち》に、三河屋の主の徳兵衛《とくべえ》が膝を揃えて座っていて、その側には三河屋の娘お美代《みよ》が唇を噛《か》んでうなだれて座っていた。

お美代の頬には泥がついているし稚児髷《まげ》に結った髪も乱れていた。

——子供同士の喧嘩か。

そっと戸口に立った時、
お美代が、きっと顔を上げて、山城屋の半纏の男に言った。

「先にやったのはお美代じゃない、新太《しんた》さんです」

「何を言うかと思ったら……」

男はお美代に憎々しげに言い、徳兵衛の方に顔を振ると、

「うちの新太郎ぼっちゃまを悪者にするなんて、いったいどういう躾《しつけ》をしてるんですかね。いいですか、新太郎ぼっちゃまは、こちらの娘さんに池に突き落とされたんですよ、そうでしょ。そして腕の骨を折ったんです。嘘じゃありませんよ。大人だったら番屋に突き出すところでございますよ」

「山城屋の番頭さん、この通りでございます。追ってお見舞い方々お伺《うかが》い致しますので、どうぞ許してやって下さいませ」

徳兵衛が頭を下げた。

「商人が謝るということは、どういうことか承知頂いておりますでしょうね」

「内済金を……ということでしょうか」

徳兵衛は険しい顔で見返すと、

「そこまでおっしゃるのなら、こちらと致しましてもしかるべく真相を確かめた上で、相応のお詫びをもうします。今日のところはお引取り下さいませ」

きっぱりと言った。

「まったく、恐ろしい小娘ですよ」

憤然として言い放ち、体をくるりと回した山城屋の番頭は、すぐ目の前に町方の同心が立っていたのに気がつくと、じろりと見返して荒い足取りで引き上げて行った。

「いったいどうしたのだ。聞くとはなしに聞いていたが、子供の喧嘩か」

平七郎が尋ねると、

「お見苦しいところをお見せ致しました。このお美代が山城屋のぼっちゃんたちと喧嘩して、怪我《けが》を負わせたというのですが、お美代は自分は悪くないの一点張りで要領がつかめません。困ったものです」

徳兵衛が苦笑すると、店の奥から倅《せがれ》の丈太郎《じょうたろう》が忌ま忌《い》ましそうな顔をしてふらりと出てくると、

「おとっつあんが甘やかしたせいですよ。お美代に甘すぎるからこんな乱暴者に育ったんですよ。もうすぐ十二歳になるというのに、これじゃあ先が思いやられる」

冷たい目でお美代を見た。

「あたしじゃない、あたしが悪いんじゃないわ。皆であたしを突き落とそうとしたんだから……」

お美代は丈太郎に訴えるように言うと、わっと泣いて表に飛び出した。

「お美代」

腰を上げた徳兵衛を、丈太郎の言葉が厳しく刺した。

「ほうっておいた方がいい。おとっつあんは構いすぎるんだ」

「丈太郎……お前は……お美代はお前の妹じゃないか」

「妹……あれは疫病神《やくびょうがみ》ですよ。あの子がいるから商売もうまくいかないんだ。近頃じゃ店の看板もすっかり堕《お》ちちまった。子供の治療代を請求されておたおたするような商いになってしまったのは、きっとあの子がこのうちにいるからだ」

「何をお前は……。自分のことを棚に上げて、いい加減にしろ」

父と息子は、一触即発の体である。

「まあまあ、落ち着け」

平七郎が割って入った。

「丈太郎、いかな何でも親父殿をそのように悪《あ》し様《ざま》に言うものではない。親の苦労もわかってやれ」

諭すように声をかけると、丈太郎はぷいと顔を背けて外に出て行った。

「立花様、せっかくおいで下さったのに。しばらくお待ち下さいませ、お美代が気になります。見て参りますのでそれまでお待ちを」

徳兵衛は腰を上げた。

「徳兵衛、俺が見てきてやろう。家の者より他人の俺の方がお美代も話しやすいかもしれぬ」

平七郎は踵《きびす》を返した。

大通りを見回したが、お美代の姿はない。

平七郎は三十間堀の河岸に向かった。

三十間堀の西側河岸は木挽橋などの周辺は別として蔵が建ち並んでいる。だが六丁目の河岸は土手もあり、舟がつけられるようになっていた。

子供が一人になりたい時には、たいがいはそんな所をうろついているのではないかと平七郎は思った。

果たしてお美代は、河岸の土手に茂るやわらかい草の上に立っていた。

——おや……。

魚売りのお力が、お美代の側にしゃがみこみ、手を取ってなにやら一生懸命になだめているのが目に留まった。

それはまるで、姉が妹を慰めているようである。

「お美代坊、おとっつあんが心配しているぞ」

平七郎は言いながら、ゆっくりと近づいた。

「旦那、まさかお美代ちゃんを番屋に連れていこうってんではないだろうね」

お力は立ち上がると、日焼けした太い足で踏ん張って、お美代を庇《かば》うように立ちはだかった。

「俺は心配して迎えに来たのだ。こんながんぜない子を番屋にしょっぴくわけがない」

「だったらいいけどさ、お美代ちゃんが訳もなく余所《よそ》の子を池に突き落としたりするわけないじゃないか。いいかい旦那、お美代ちゃんの話によれば、お美代ちゃんは酷《ひど》いいじめにあってさ、辛《つら》くって逃げまわってんのをしつこく追いかけ回してさ、その揚げ句に池に突き落とされそうになったんだ。山城屋の馬鹿息子が先頭立って手を伸ばしてきたんだ。お美代ちゃんがそれを払いのけたために馬鹿息子が落っこちたってわけよ」

「そうか……お前はいじめられていたのか、ん」

平七郎はしゃがみこんで、俯《うつむ》いているお美代に聞いた。

こくんと、お美代は頷いた。

「ほら、ごらん。お美代ちゃん、明日姉ちゃんがあんたをいじめた奴等を取っつかまえて白状させてやるからね、いいね」

お力は、お美代の頭を乱暴になでる。

「おいおい、乱暴はいかんぞ、乱暴は……」

「あたしがやってあげなくて、誰がこの子の無実を晴らせるっていうんだ。旦那……あの家には丈太郎って奴もいるけど、屁の突っ張りにもならねえんだよ」

「お力、まかり間違えば、徳兵衛に迷惑をかけるぞ」

「おあいにく様、旦那、間近に見ていた子がいるらしいんですよ。そいつをつかまえりゃあ、動かぬ証拠だって」

岡っ引のようなことを言う。

「手荒なことはするな、いいな」

平七郎は苦笑して言った。

二

翌日のこと、平七郎と秀太は、大工や材木屋の手代たちと木挽橋の上で腐った橋の欄干を見て回った。それが終わったのが昼少し前、それから秀太と一緒に山城屋に向かった。

山城屋は三十間堀五丁目にある藍玉《あいだま》問屋である。

木挽橋は五丁目と六丁目の間を抜ける大通りに繋がっていて、三河屋がある六丁目はその大通り南側、五丁目は北側にあり、大通りを隔てた隣町ということになる。

昨日三河屋のお美代が山城屋の倅の新太郎に怪我を負わせたといい、一騒動あったところで、お力がその山城屋に殴り込みをかけたのじゃないかという心配もあり、秀太を誘って立ち寄ってみた。

すると、あろうことか、昨日見たあの番頭が額に大きな膏薬を貼りつけているし、商品の藍玉を顧客に見せている手代二人にも頰に大きな傷があった。

番頭は、平七郎の姿を見るなり、

「これはお役人様、あの女の処分は決まったのでしょうか」

と聞く。

「あの女……何があったのだ」

「魚売りの女が来て、ここで暴れたのでございますよ」

「するとその傷は、その時のものなのか」

「はい。五ツ半ごろでしたか、あの女は新太郎ぼっちゃまの喧嘩を見ていたという、もう一人の近所の男の子を連れて怒鳴り込んできたのでございます。そこの戸口に仁王様みたいに踏ん張って、天秤棒を持って立ったのを見た時には肝をつぶしました」

「するとこちらは三人がかりでやったというのか」

平七郎は手代の方をじろりと見た。

「はい。ですが、あんな怪力女は見たことも聞いたこともありません」

「お力がそこまでやるには事情があったのじゃないか」

「お役人様」

番頭の声には不満の色が滲《にじ》んでいる。訴えたのはいいが、逆に喧嘩の原因をつっつかれたからだろう。

「俺も子供の喧嘩とはいえ、偶然行き合わせた者としてほうってはおけぬ。早く双方が仲直り出来るように尽力したい。こちらの新太郎という子に会わせてくれ」

「し、新太郎ぼっちゃまですか」

「そうだ。子供の喧嘩がここまで大きくなっては、真相を確かめるほかないではないか。怪我をしているのなら、医者にも診《み》せねばならぬ」

「……」

「どうした」

「新太郎様は、右足を引きずっていて歩けません」

「寝ているのか」

「い、いいえ、今お医者に……」

「平さん、そういうことなら私が医者まで行ってきましょう。この目で確かめてきます」

秀太が深刻そうな顔をして言った。

「そうだな、そうしてもらおうか」

平七郎が頷くと、

「あの、それには及びません」

と番頭は言う。平七郎はここぞとばかりに釘《くぎ》を刺した。

「お前は、嘘をついているな。嘘も罪になるぞ。お前のように真実をまげて嘘で固めた話で相手を脅《おど》した場合などはそれだ」

「けっしてそんなつもりは……本当に申しわけございません」

「とにかく、新太郎を呼びなさい」

「遊びに行っています。すり傷程度で、もう飛び回っています」

「そういうことなら、三河屋にねじ込むのはもう止すのだ」

「はい」

「で、その魚屋の女はどうしたのだ」

「皆で番屋に突き出してやりました」

「何……」

「ですから私はあなた様に、あの女はどうなるのかお聞きしたのでございます」

不満たらたらの番頭の言葉を聞いて、平七郎は秀太を連れて踵《きびす》を返した。


「何でこんなことされなくちゃなんねえんだ。悪いのはあっちなんだぜ。早く出せって」

番屋の外までお力の声は響いていた。

平七郎と秀太が番屋に入ると、

「立花の旦那、助けておくれよ。助けに来てくれたんだろ」

お力が、奥の板の間から大声で叫んだ。

後ろ手に縛られて、壁の鉄の輪っかに繋がれていた。

「これは立花様、おひさしゅうございます」

町役の甚兵衛《じんべえ》が懐かしそうな顔を向けた。

「元気そうでなによりだな、甚兵衛」

平七郎は、かつて定町廻りだったころ、この番屋にもむろん立ち寄っていた。

「立花様は、この魚売りの娘をご存じでございましたか」

「うむ。実はな甚兵衛……」

平七郎は掻《か》い摘《つ》まんで事情を話し、

「定町廻りがまだ知らぬようなら、俺に免じて放してくれないか」

　甚兵衛に言った。

「承知致しました。山城屋から預かったものの、お力さんから話を聞いてみると、非はむこうにだってある。どうしたものかと思案していたところでした」

　甚兵衛は早速、お力の縄を解き、平七郎に引き渡した。

「お力さん、もうあんまり無茶をするんじゃないですよ」

　甚兵衛は孫にでも諭すようにお力に言った。

「わかってるよ、爺さん。世話をかけてすまなかったな」

　お力は襟《えり》にちょいと手をかけて、甚兵衛に頭を下げた。

　秀太がお力を促して外に出た。

「それにしても、立花様が橋廻りになるなんて、お奉行様もどうかしています。皆さん、立花様のお父上様の時代から存じ上げている者ばかり、立花様の時代は良かったと申しております。なにしろ今の定町廻りは、こちらからお願いしないと足を向けてはくれません。大きな捕物には興味があるのでしょうが、町内から出る揉め事など勝手にしてくれといった状態です。どうぞまたお立ち寄り下さいますよう……」

　甚兵衛はしみじみと言ったのである。

「ふん。これでお美代ちゃんの疑いも晴れたわけだ。ざまあみやがれ」

お力は木挽町にある飯屋に入るなり、啖呵《たんか》を切った。

「お力、話がある。昼飯を食べたら静かに聞いてくれ」

「いいよ、立花の旦那の言いたいことはわかっているから」

「お力」

側から秀太が睨みつけた。

「わかったよ。何でも言ってくんな。旦那はあたしの恩人だからね。今すぐ聞くよ」

「そうか、じゃあ聞くが、お前はお美代のいったいなんなんだ。どういう関係なのだ」

自分の身を挺《てい》してまでお美代を庇うお力を見ていて、尋常ではない繋がりがあるように思えたのである。

「あたいはあの子を見ていると元気が出るんだ。あの子は小さい時から、まだどの店も表戸を開けてない頃から、一人で店の前を掃き清めるんだ。小さな体が箒《ほうき》に振り回されているような頃からね。あたいも朝が早いから、そんなこんなで知り合ってさ。まっ、今じゃ妹のようなもんだね」

「それだけか」

平七郎は鋭い眼でお力を見た。

「それだけかって、旦那は何を聞きたいんだ」

「お美代はな、丈太郎に疫病神だと言われておった。妹をそんな風に言うのは余程の事情があるのかと思ってな」

「旦那、あいつは、本当にそんなことを言ったのか」

お力は早くも、頬を痙攣《けいれん》させている。

「おちつけ」

秀太が、側からお力を制した。

「だって腹立つんだよ、あの馬鹿息子」

「馬鹿息子……ずいぶん三河屋について知っているのだな、お前は」

「……」

「お力……」

「旦那には恩義がある。仕方がねえ、旦那。今から話すことは、ここだけの話として聞いとくれ」

お力は真剣な眼で見返した。

「承知した」

「平塚の旦那も、頼みますよ」

「むろんだ。約束する」

秀太は頷いた。

「今から十年前のことさ。あたいがちょうど今のお美代ちゃんぐらいだった頃、あたいのとっつあんは金杉川《かなすぎ》筋のお武家の屋敷に、その日とれた魚を売っていたんだ。あたいのうちは、話したと思うけど金杉浜町、通称雑魚場《ざこば》と呼ばれているとこさ。小さな魚や海老や貝などが多く、その分儲《もう》けも少ないわけで、あたいのうちも兄さんと、私と婆ちゃんもいたから、食うだけで精一杯。家はずっと貧乏でさ、あたいも親父の手伝いを幼い頃からしていたんだ……」

お力は遠くを見て、懐かしむように言った。

忘れもしない十年前、その日もお力は父親の舟に乗って家を出た。

舟底に置いた桶《おけ》には、魚や海老がいっぱいだった。

子供心にも、この舟の中の魚を売れば、四、五日は食えるということを知っていたから、もういっぱしの売り子気取りだった。

海側から金杉川に入って、金杉橋を潜り、将監《しょうげん》橋を潜り、右手に増上《ぞうじょう》寺を見て、しばらく明地《あけち》となっている川筋を上るが、木が茂り草が群生している土手の水際に、一艘の古い舟が浮かんでいるのが見えた。

近づいてみると、舟の中に藁《わら》で編んだ大きな入れ物があり、その中に赤子がいた。

「赤ちゃんだ。おとっつあん、赤子だよ」

お力が手を伸ばして舟を引き寄せると、

「お力、ほうっておけ」

父親は厳しい声で言った。

「なぜだい、おとっつあん。ほうっておいたらかわいそうだよ」

「お力、赤子は他の人に拾われた方が幸せだ。そうは思わねえかい。うちで拾ってやっても、行く末は飢え死にするかもしれねえんだ。それはお前もよくわかってるじゃないか」

「いやだ。やだよ、あたいが御飯を一膳にすればいいんだろ。女の子だよ、この子。あたいは妹が欲しかったんだ。それにさ、こんな綺麗なべべ着せてもらって、本当はいいところで生まれた赤ちゃんに違いない、それなのにかわいそうじゃないか。きっとお力が育てるから、ねっ、ねっ」

お力は言うや、その舟にぴょんと飛び移って赤子を抱き上げていた。

「しょうがねえ、番屋に届けるか」

父親は舌打ちして、その赤子を連れ帰った。

しかし番屋に届けはしたものの、お力は貰い手が見つかるまでは自分が育てたいと言い張って、自分の家で面倒をみていたのであった。

美代という名は、赤子の懐に紙が忍ばせてあり、それに書き付けられていたものである。

父親は字が読めなかったが、お力には読めた。

勝ち気なお力は、近くの手習い師匠のところに、売れ残った魚を運んでは字を習っていた。日常の読み書きぐらいは出来る。

藁籠の中の赤子の名が、お美代と知った時のなんともいえぬ喜びは、いまだに忘れたことがない。

いっぱしの母親か姉さんのような気持ちでお力はお美代の世話をしていた。

だが別れは突然にやって来るものだと知ったのは、まもなくだった。

そう……赤子を拾って三日目に、三河屋と名乗る立派な商人が家に来て、自分の娘として育てると言い、父親に断りを入れたのである。

日銭稼ぎの、しかも天候に左右される漁師の家より商人の家の方が幸せになれることは決まっている。そんなことは子供のお力が考えてもわかる。

お力は三河屋にお美代を手渡した。

そうして十七歳になった時、お力は時化《しけ》で亡くなった兄のかわりに漁に出るようになっていた。

取れた魚は、市場には出さずに担い売りをした。

お力には目論見《もくろみ》があったのである。

——あの赤ん坊を引き取ってくれた三河屋のある町に担い売りにいける。

初めて木挽橋の袂から三河屋の看板が見える通りに立った時、お力が目にしたのは、七歳ほどの女の子が、表に水を撒《ま》いている姿だった。

——お美代ちゃんだ……。

胸に抱いてあやしてやったあの赤子が突然七歳の女の子になって目の前にいるのだから、お力は驚きと不思議さで胸が一杯になった。

お美代は色白の、人形のような愛らしい目鼻立ちをした女の子だった。

きゅっとひき締めた口元が、勝ち気な感じを与えるものの、立派に成長した姿に、お力はほっとしたものである。

「それから三年、あたいは風車を作ったり、貝殻を拾ってきてあげたりしてお美代ちゃんと友達になったんだよ。お美代ちゃんが捨て子だったことを知ってるのは、あたいの家族と三河屋さんの家族だけだからね。ところが近頃どこから知れたのか、お美代ちゃんは

『お前は川流れだ、川流れの生き残りだ。お前のかあちゃん河童《かっぱ》だってな。河童は川に帰れ』などと子供たちに苛《いじ》められるようになったんだよ」

「なるほど、すると、山城屋の息子と喧嘩したのも、原因はそういうことなのか」

「皆あっちが悪いんです。それを、まったく……旦那、あたいはお美代ちゃんから尋ねられて困りましたよ。川流れってどういう意味なのかって……答えられるわけないよ」

「しかし、今後も今度のようなことはあるかもしれぬ。そのたびに殴り込みをかけるのもどうかと思うぞ」

「わかってるよ、そんなことは……だけどよ、旦那。あたいはね、小舟から赤ん坊を抱き上げた時、あたいの指をにぎにぎしたお美代ちゃんの手、忘れられないんだ。せっかくの忠告だけど、またお美代ちゃんを苛めている奴等を見たら、ほうってはおかないよ」

「お力」

平七郎は一喝した。

三

「平七郎様、よろしゅうございますか」

読売屋『一文字屋』の辰吉が役宅に現れたのは、庭に夕日が影を落とし、木の上ばかりに陽溜まりを作り始めた頃だった。

平七郎は、夕食前の素振りを終えて、縁側で汗を拭いていた。

「久し振りだな、辰吉」

「へい、いやしかし凄《すご》い迫力でございますね。あっしは少し前からその垣根のむこうから拝見していたのですが、声をかけるのも恐ろしいような気がして、息を殺しておりやした」

「何か急ぎの用か」

「それですがね、平七郎様は三河屋の娘でお美代って子をご存じでございましょ」

「うむ」

「お美代は人さらいに遭《あ》うところだったんですよ」

「いつのことだ」

「今朝です。おこうさんが平七郎様から聞いた魚売りのお力の話、面白いんじゃないかというんで、取材に行ったんですよ。お美代を張っていれば、必ずお力に会えるに違いない、そう思いやしてね。ところが、四ツ頃でしたか、ふらふらしながら妙な女が三河屋の店先に現れまして、手習いに出かけようとしたお美代に襲いかかるようにして抱きついたんでございますよ」

「……」

「しかも、お前は私の子だ。私が捨てた子だって叫びましてね」

「何……」

「お美代は泣くわ、番屋の者は駆けつけるわで大騒動だったんです。女は番屋にしょっぴかれましてね。その番屋からも定町廻りの亀井《かめい》様と工藤《くどう》様に連れて行かれたんですが、後でわかった話では、なんとその女は、全国を旅しながら詐欺《さぎ》を働いているとんでもねえ女だということでした」

「その女が、お美代の母親だと言ったんだな」

「女の嘘っぱちだったんですよ。お美代の噂を聞いて母親だと名乗り、なにがしかの金を三河屋から巻き上げるつもりだったらしいんですが、お美代が金杉川に流された頃、その女は九州で悪事を働いていたことがわかりましてね、今頃は小伝馬《こでんま》町の牢屋の中だと思いますよ」

　辰吉は、平七郎に伝えるだけ伝えると、とんだ騒ぎでお力のことどころではなかったのをおこうに知らせなくてはなどと言い、とっぷりと暮れた中を、急いで引き上げて行ったのである。

お美代はさぞかしびっくりしたに違いない。平七郎は心に衝撃を受けたであろうお美代のことが気がかりだった。


平七郎の懸念が現実になったと知らされたのは、数日後のことだった。

木槌を懐に入れ玄関に立ったところへ、三河屋が訪ねて来た。

「立花様、どうかお助け下さいませ」

三河屋徳兵衛は、憔悴《しょうすい》しきった顔をしていた。

「いかが致したのだ」

「お美代が、家出をしたのでございます」

「何……徳兵衛、ここではなんだ、上に上がってくれ」

平七郎は徳兵衛を座敷に入れると、

「何が原因なのだ。母親だと名乗った妙な女が出現したことが原因なのか」

座るまもなく、徳兵衛に聞いた。

「お美代は、あれで自分を支えるものを失ってしまったのかもしれません」

徳兵衛の話によれば、詐欺女の一件があってから、お美代の母親はあの詐欺女だった、あの子はお尋ね者の娘だったのだと、悪い噂が一人歩きし、幼いお美代の耳にも入ったらしく、昨日のこと、お美代から徳兵衛は問い詰められた。

噂の真相を聞かれたのである。

むろん徳兵衛は、きっぱりと否定した。

「お前は三河屋の大切な一人娘だ。二度とそんな馬鹿な話をしてはいけないよ」

するとお美代は、徳兵衛には納得した顔をしてみせたが、不安はすっかり取り除かれたわけではなく、その後兄の丈太郎にも同じ質問をしたらしい。

すると、あろうことか丈太郎は、あっさりお美代が捨て子だったことを認めてしまったというのである。

「兄さん、じゃあ私は、あんな罪人の子だったのでしょうか」

お美代は、恐る恐る丈太郎を見返した。

丈太郎は、冷たい笑みを浮かべると、

「さあて……違うかも知れないし、そうかも知れないな。なにしろ、貰いっ子といったって、お前の母親は何処《どこ》の誰だか判らないのだからな」

追い討ちをかけるような言い方をしたらしい。

徳兵衛はそこまで話すと、息苦しそうな溜め息をついた。もっと早くあの子の胸の内に気づいてやるべきだったと苦悩を浮かべて、

「立花様」

平七郎を見た。切羽詰まった徳兵衛の思いが見てとれた。

「お美代は、夕べは食事もしないで部屋に引きこもっておりました。いなくなったのは今日のことです」

「原因は丈太郎だな、困った奴だ。他人がどう言おうと、家の者が、家族が一丸となって守ってやれば、お美代は家出まで考えなかった筈だ」

「はい、おっしゃる通りでございます。我が息子ながらお恥ずかしい次第です。あれを可愛がっていた女房が死んでからというもの、倅は私に反抗的になりました。私がお美代ばかり可愛がるというのです。いい大人がと思うのですが、立花様もご存じの通り、近頃はお美代のことをあの疫病神などと罵《ののし》るようになりまして……昔は、妹思いのいい兄だったのにと思いますと」

「徳兵衛、厳しいことを申すようだが、丈太郎がそのようでは、お美代を連れ戻してもどうにもならぬぞ」

「はい。きっと丈太郎には言い聞かせます」

「うむ、ならばいいが。徳兵衛、お美代の行く当ては、どこにもないのだな」

「あるわけがございません。どこをどう、さ迷っているのかと思いますと、居ても立ってても居られないのでございます。このようなお願いごとは、定町廻りの旦那方は聞いても下さらないと存じまして、もしや立花様にお縋《すが》りできたらと……」

縋るような眼を向けた。

「よし、わかった。俺の知り合いの読売にも頼んでみるか。『尋ね人』で紙面に載せて貰ってはどうだ」

「宜《よろ》しくお願い致します」

「では、お美代が身につけていた着物の柄など教えてくれ」

平七郎は文箱《ふばこ》から真っ白い紙を取り出すと、小筆を取り上げて徳兵衛を見た。

「退け退け、見世物じゃないぞ」

定町廻りの亀井市之進《いちのしん》と工藤豊次郎《とよじろう》は、おおぜいの野次馬を叱《しか》りつけるようにして蹴散らした。

二人の背後には隅田川に浮かべた舟が数隻、一か所を取り囲むようにして集まっていた。

場所は諏訪《すわ》町の岸近くで、水面には女の死体が浮いており、集まっている舟に乗っているのはみな見物人だった。

隅田川や神田川《かんだ》にはよく死体が浮いている。

身投げの場合もあるし、しごきで体を縛りあった心中の場合もあるし、殺しの場合もある。

引き上げて調べてみなければ判らないわけだが、いつぞやは心中者の女の顔が美しいなどと噂が流れ、死体を最初に見つけた船頭が、銭をとって死体を見せていたという忌まわしい出来事もあった。

同心の手が足りないから、そういうことにもなるのだが、今回の場合は、もう少し下流の浅草御蔵の四番堀で、先に女の子の水死体が上がっており、諏訪町岸近くに浮かんでいたのは、その母親かと思われた。

最初に上がった女の子の死体が、お美代が着ていた赤い色目の花模様の着物と同じだったことから、もよりの番屋から平七郎に知らせがあり、秀太と駆けつけてみると、かつての同僚、亀井と工藤が死体を引き上げていたのである。

「早く上げろ」

亀井は川に乗り出した小者を叱りつけた。

小者たちは鉄熊手や寄棒などを振り回して、見物の舟を追い払い、女の死体を熊手で引き寄せて岸に上げた。

「平さん、違いましたね」

 その死体の顔を見た秀太はほっとした顔で言った。

「おや、誰かと思ったら立花じゃないか。しかし見物とは、暇《ひま》だよなあ、橋廻りは」

亀井は、引き上げようとした平七郎と秀太の前に、わざわざ歩み寄って来て立ちふさがり、十手で自身の肩をこんこんと叩いて笑った。

口元は笑っていても、その眼の色には侮蔑《ぶべつ》の色が浮かんでいる。

「失礼じゃないですか。橋廻りのどこが暇なんですか」

秀太が食ってかかろうとした。だがその腕を引き寄せた平七郎は、

「行くぞ」

亀井を無視するように踏み出した。

「平七郎の旦那、お美代ちゃんじゃなかったんだね」

駆けて来たのはお力だった。

黒い顔を真っ赤にして、

「まさかと思ってやってきたんだけど」

荒い息を吐いた。

「お力、お美代は浅草寺《せんそう》に行ったことはあるのか」

「浅草寺……」

「ここに来る前に浅草寺の雷門のところに十歳くらいの赤い着物を来た女の子がいると聞いてな、行ってみたんだがもういなかったのだ」

「そういえば……」

お力は思い出したように顔を上げた。

「行ったことがあるのだな」

「二年前だったと思いますが、あの丈太郎が連れて行ってくれたんだと、そりゃあ嬉しそうに話していたことがありました」

「あの丈太郎がお美代をな」

「昔はあの男も、妹を可愛がっていたようですから、おかしくなったのは、おかみさんが亡くなってからですからね」

「ふむ……」

「父親がお美代ちゃんばかりを可愛がるものだから、いじけてんですよ……いい年をして、よく恥ずかしくないもんだ」

お力は、憤りを隠せない。

そのお美代の心の中に残っている一番の思い出が、兄の丈太郎と過ごした浅草寺でのひとときだというのが切ない。

――いじらしい娘だ……。

平七郎は、色白のお美代のあどけない顔を思い出していた。

この、浅草寺の一件以来、お美代の姿はぷっつりと途絶えていたが、一文字屋の読売の「尋ね人」を見た者が、両国でお美代を見たと通報してくれた。

その者の話では、お美代は頬に刀傷のある薄汚れた浪人と一緒に歩いていたというのだった。そこで平七郎が両国橋の点検を装って一日張りついていたのだが、それらしき二人連れは二度と現れなかったのである。

四

「平七郎様……」

おこうは、橋の中ほどで振り返った。

「お連れしたかったのは、この橋です」

おこうは神妙な顔をして頷いた。

おこうが平七郎を案内したのは、芝増上寺の西南にある赤羽橋《あかばね》の橋上だった。

赤羽橋は長さが十一間、幅は四間二尺、橋の北詰めは増上寺の裏手になっていて、橋の南詰めは大路を隔てて大名屋敷になっている。橋の上から川下を眺めると、川の左手には増上寺の森が続き、川の右手は広大な明地が続く。

明地は灌木《かんぼく》と草地になっていて、見渡す限り青葉若葉で、吹く風までも新鮮な青葉若葉の香りがしてくるようだった。

テッペンカケタカ……トッキョ、キョカキョク

ホトトギスの鳴き声が聞こえてきた。

「まさか、ホトトギスの初音を聞きにきたわけでもあるまい」

「ええ……平七郎様、この橋の下を流れている川ですが、金杉川とも新堀川とも呼ばれていますが、この辺りが別名『螢川《ほたる》』と呼ばれていることはご存じですか」

「うむ。ちらと聞いたことはあるが、俳人とか数奇者たちの言うことだろう」

「もちろんそうですが、この橋から見える下流の岸には星の数ほど無数に螢が飛ぶんだそうです」

「うむ」

「そろそろ螢が飛ぶ季節ですが、その頃になると螢舟が夕闇を待って川上からも川下からも集まって来るそうです」

「うむ」

おこうが何を言おうとしているのかはわからなかったが、緑が深く、人家も見えず、自然のままに草蒸す土地が広がっているこの一帯が、螢の生息地になっているであろうことは、景色を一見しただけで頷けた。

おこうは、川風に吹かれながら遠くを見詰めて、

「平七郎様……」

語りかけた。

「今から十年前のことですが、川上の町の貸し船屋から一艘の舟が盗まれました。そして翌日のことです。この赤羽橋と中の橋の中程で御殿女中らしき女の人が入水《じゅすい》して亡くなっていたそうです。遺体は引き上げられましたが、どこのお屋敷からもなんの音沙汰もなく、その女の人は無縁仏として葬られたそうです。盗まれた舟はその後、この川下で見つかりましたが、女の人が中の橋を過ぎたあたりで、その舟から飛び下りたのを見たという者が現れまして、舟はその女が入水するために盗んだものらしいと結論づけられました。父が書いた読売の記事ですが、平七郎様、この時誰も、川下で舟の中に赤子が捨てられていたことに触れてはおりません。でも私は当時の記事を読んでいて、ひょっとしてその女の人は、入水する為に舟を盗んだのではなくて、赤子を乗せて流す為に盗んだのではない

かと思ったのです」

「おこう」

　平七郎は驚愕しておこうを見た。

「平七郎様、これは断定は出来ませんが、わたくしが平七郎様からお聞きしたお力さんの話……お美代ちゃんを拾った時の話ですが、二つの話は時節が符合するんですよ」

「……」

「入水するために、わざわざ舟を盗まなくてもよろしいではありませんか。どこかの岸か、どこかの橋の上からでも、入水は出来ます」

「……」

「女の方は死ななきゃならない事情を抱えていたのだと思います。でも、子供までは殺せない。かといって、自分の産んだ子とわかれば赤子の命もとられてしまう。そういった切羽詰まった状況に追い込まれていたのではないかと思うのです」

「つまり、自分の子だとわからないように舟に乗せて流し、誰かに拾って貰おうとしたのだと、そういうことだな」

「はい。その赤子を偶然見つけて拾ったのが、お力さんだったのではないかと……」

「しかしおこう、今更だな、その話は……。御殿女中がお美代の母だったとしても、どこの誰かもわからなかった人だ。お美代の納得いく答えにはなるまい」

「そうかも知れませんが、お美代ちゃんは、お尋ね者の詐欺女のような人が自分を産んだ母親じゃないかと悩んでいるのです。すくなくとも、そんな思いからは逃れられるのではないでしょうか」

「どうかな、それは。おこうが推理した話の通りだと、身分がわかってはお美代の身にとってはよくないのかもしれぬぞ」

「それはそうかも知れませんが……」

「利発な子だ。きっと以前のお美代に戻れる。俺はそう信じていたい」

平七郎は言い、橋の下を航行していく舟を見送っていた。舟は野菜や薪《まき》を満載しており、両岸の緑を背景にして、ゆったりと滑るように下って行った。

「平七郎様、たいへんです」

足音を鳴らして橋を渡って来たのは、辰吉だった。

「す、すぐに三河屋さんに」

「何があったのだ」

「脅迫状が投げ込まれたんですよ。お美代を預かっている。返してほしくば五百両を用意しろと……」

「わかった。おこう、お前たちにも協力を頼むことになるやもしれぬ。待機していてくれ」

平七郎はそう言うと、急いで三河屋に走った。

三河屋徳兵衛は、平七郎を奥座敷に招き入れると、手をついて三河屋の窮状を訴えた。

「お恥ずかしいことではございますが、五百両などと、今の三河屋には用意できないのでございます」

平七郎の前には、投げ入れられた脅迫状の半紙がある。筆は達者で、端的に書かれてあったが、町方に知らせればお美代の命はないものと思えと結んであった。

問題は指定されている三日後の夕刻までに五百両の金を用意せねばならぬことだった。

「百両ほどならば、なんとかなりますが、五百両はとてもとても……立花様、どうすればよろしいのでございましょう。お美代は私どもの大切な一人娘、どうか無事、悪人の手から取り戻していただけないでしょうか」

「徳兵衛」

「はい」

「両国をお美代らしき小娘が頰に刀傷のある浪人と歩いておったそうだが、お前には心当たりはないのだな」

「ありません。人に恨まれるようなことをした覚えもございませんし」

「丈太郎はどうした」

「それが、お美代が家出した直後から丈太郎も家を出たままで……いえ、丈太郎の方は盛り場を遊び歩いているに違いないのですが……」

「丈太郎が帰ってきたら知らせてくれ」

――期限は三日、その間にお美代を探さなくては。

平七郎は急ぎ三河屋を出た。


――丈太郎の奴……。

お力は、返す返すも、丈太郎には憤懣《ふんまん》やるかたない思いで一杯だった。

丈太郎が発した一言、それがお美代を絶望の淵《ふち》に沈めたのは間違いない。

いくら父親がお美代を可愛がるといっても、それを嫉妬《しっと》して無分別な言葉を投げつける。兄のすることかと思う。血が繋がっていないと言っても、兄は兄だ。他の誰でもないのである。

――その兄が。

と思うと、もうこうなったら、ふんづかまえてぎゃふんと言わせなければ、煮えくり返った腸《はらわた》はおさまらない。

──ちくしょう……見つけたら、八つ裂きにしてやる。

お力は、川風を受けて回る舳先の風車に時折目を遣りながら、府内の盛り場近くの川べりを舟で回り、あるいは舟を降りて、辺りの盛り場を捜していた。

はたしてお力は、深川の堀留に架かっている猪口《いのくち》橋の橋下に舟を繋ぎ、俗にいう裾継《すそつぎ》と呼ばれる女郎宿がひしめく町に入った時、向こうからふらふらと歩いてくる丈太郎を見つけた。

お力は、丈太郎の前に、棍棒のような二の足を踏ん張って待ち受けた。

「やい、丈太郎」

「うっ？」

酔眼を見開くようにして見返した丈太郎の顔が瞬《また》く間にこわ張った。だが丈太郎は迷惑そうに言ったのである。

「何だよ、何の用だね」

「あたしを誰だか知ってるだろう」

「知ってるよ。お美代にお節介を焼いている魚売りだろ」

「そうかい、知ってりゃあ上等だ。やい、こんな所でなにをしてるんだ」

「何をしているだと？」

丈太郎はにやりと笑って、

「見りゃあわかるだろ、ここがどんな所なのか知らないのか、お前は。そうだな、知らないのかも知れないね、第一お前は、男だか女だかわからないんだから」

丈太郎はくすくす笑った。

「妹がかどわかされたというのに、こんなところで、ふらふらしている場合じゃないだろ」

「お生憎様《あいにく》だな、私がどんなに手足を振ってもどうなるものでもないじゃないか」

「心配じゃないのかい。兄弟でも家族でもない人たちがみんなして探しているっていうのにさ、お前のしてることは何だい。恥ずかしくないのかい」

さすがの丈太郎も、二の句が出ない。

その腕を、お力がぐいとつかんで言った。

「ちょいと一緒に来てくれ」

「何するんだよ、離せ」

「うるせえ、ぶつくさ言わずについてくるんだ」

お力は、抵抗する丈太郎の腕をぐいぐい引っ張って、橋の袂から舟に乗せ、浅草寺の雷門まで引き摺《ず》って行ったのである。

そうして雷門の前で丈太郎を引き据えると、

「家を出て行ったお美代ちゃんが、ここでしばらく佇んでいたってことは知ってるだろ」

「……」

「なぜここだったか、お前は少しも考えなかったらしいな。だがこのあたしだって覚えてるぜ。ここはお前がお美代ちゃんを連れて、一日二人で遊んだところらしいじゃないか」

「どうしてお前がそんなことまで知ってるんだ」

「決まってるじゃないか。お美代ちゃんはそれが嬉しくて、あたしに言ったんだ。どんな風にお前のことを言っていたのか、教えてやろうか」

「……」

「お美代ちゃんは、こう言ったんだ……お力姉さん、丈太郎兄さんはね、あめを買ってくれたんです。それを嘗《な》めながら見世物小屋に入ったんです。すると、女の人の首が伸びて……それをろくろ首っていうらしいんですけど、怖かった……鐘撞《かねつき》堂にも石段登って行ったんです。つつじが満開で、花の香りが一杯で、それでお美代がお花に鼻を近づけたらアブが花の中から出てきてね、刺されそうになったんです。そしたら兄さんが、そのアブをつかんで地面にたたきつけてくれたんです。兄さんは強いのよ、びっくりした。これがおった。

美代ちゃんの言葉だ。かけ値なしだよ」

お力の話を最初は迷惑そうに聞いていた丈太郎の顔が、次第に神妙なものに変わってい
った。

どうやら丈太郎の頭の中に、浅草寺でお美代と遊んだひとときが、鮮明に立ち上がって
きたようだった。

「お前に追い出されたようなものだろ、お美代ちゃんは。そのお美代ちゃんが家を出ても
心の支えにしていたのは、お前と浅草寺で遊んだことだったたって言うんだから泣かせるじ
ゃないか。半日もここにいたんだよ、お美代ちゃんは……」

お力は鼻を啜《すす》った。

丈太郎に怒りをぶつけているうちに、哀しみが込み上げてきたのであった。

「ひょっとしてお美代ちゃんはあの時、浅草寺でお前が迎えに来るのを待っていたのかも
しれねえんだ」

お力は丈太郎を睨み返し、

「でも、お前は迎えに行かなかった。その間に、お美代ちゃんは人さらいに遭ったんだ。
あんたには覚えがあるんじゃないのか……お美代ちゃんを連れ歩いていた浪人のことだ」

「知らないよ」

丈太郎は弱々しいが、ぶっきらぼうな返事をした。

「何だよ、その態度は。許せねえ」

お力は、突然飛びかかって丈太郎の頬を打った。

丈太郎は一間ほど飛ばされて尻餅《しりもち》をついた。

口元には血が滲《にじ》んでいたが、地面に腰を据えたままで左手の甲で口元の血をぬぐいながら、掬《すく》い上げるような眼でお力を見た。

「お前の腕力の話は聞いていたが、これほどだったとはな……」

小さく笑ってみせた。

「文句があるかい。町方の旦那だって言っていたんだ。お前が何か知ってるんじゃねえかとな」

「ま、待ってくれ、一日だけ猶予をくれ。俺は俺で心当たりを当たってみる」

「嘘じゃねえな」

「ああ」

「もしもいい加減なことだったら、今度は骨の一本も折ってやる。覚悟しな」

お力は、拳《こぶし》を握って丈太郎を睨み据えた。

五

「丈太郎がそんなことを言ったんですか」

三河屋徳兵衛は、平七郎の側に座るお力を見た。

座敷の外にはすでに黄昏《たそがれ》が広がり始めていて、徳兵衛の表情は定かには判別でき兼ねたが、その声には意外な驚きが秘められていた。

徳兵衛は手を打った。

小走りにやってきた店の者が廊下に膝をつくと、

「明りを頼むよ」

静かな声で言った。弱々しい声だった。

「ただいま用意させております」

店の者がそう言い、引き上げた時、庭から弱々しい光が一つ、部屋の中に飛んで来た。

螢だった。

螢が光を放ち飛び回るには、季節は少し早かった。

螢は部屋の中を、あっちに飛び、こっちに飛びしながら、まるで部屋の隅々まで点検するように飛んだ後、ふいに体を翻《ひるがえ》して外の庭木の茂みに消えていった。

「立花様……」

徳兵衛が改まった声で、平七郎を呼んだ。

「お美代を連れ去った浪人ですが、そういえば私にも心当たりがあります」

という。

「まことか徳兵衛」

「はい。ただ私が知っている浪人の頬には刀傷はなかったものですから、知らないと申しましたが、もしやという気が致しております」

徳兵衛はそう前置きすると、

「今から一年半ほど前のことでした。先にも少しお話ししましたが、女房が亡くなって倅の丈太郎がたびたび外出をするようになりまして……」

それも、店の金を持ち出すようになり、徳兵衛は丈太郎に問い質《ただ》したことがあった。

すると丈太郎は、女房にしたい女がいるのだと言ったのである。

「どこの誰だね。たびたび大金を私に黙って持ち出しているようだが、お前が女房にしたいという人は、会うために大金のいる人なのかね」

徳兵衛は勃然《ぼつぜん》として言った。

丈太郎に聞かなくても、徳兵衛にはどんな相手の女なのかわかっていた。

丈太郎は二十三歳である。余所のお店の息子たちの中には手に負えない悪の道に入った息子もいるにはいるが、たいがいの息子たちは、十八にもなれば分別もつけ、それまで放蕩《ほうとう》の日々を送っていたとしても、きっぱりと縁を切って立派に親父の跡を継いでいる。しかし丈太郎だけがなぜこのように軽薄で幼稚なのかと、正直歯ぎしりしたい思いであった。

後ろ盾《だて》の母親を亡くしたといっても二十三歳である。

むろん女房が猫可愛がりに息子を盲目的に育てたことが原因だろうが、丈太郎自身にも自覚が無さ過ぎる。

言うことは一人前なのに、やることは幼児の域を越えてはいない。

徳兵衛の愛情が丈太郎に向かないのは、つまりはそういうことで、常に丈太郎の胸には甘えが見えるからだった。

それに比べると、お美代は幼い頃から自立心があった。貰われてきた子だなどと知らない筈の年頃から、親に心配をかけることもなかったし、着物一枚欲しがったこともなかった。

いつの頃からか自分の背丈よりずっと長い箒を持って、表を掃くようになったのも、誰かが言いつけたからではない。自分からやり始めたことだった。

手習いに行かせれば首席だし、稽古《けいこ》ごとをやらせれば際立っていると師匠から褒《ほ》められた。

金杉川に捨てられていたと聞いていたが、お美代の母親は余程賢い女子だったろうことは、徳兵衛にも察しがついた。

身元がわからなければわからないぶん、徳兵衛はお美代の出生に大いなる興味を持ち、それがお美代への愛情ともなった。

性格や才気が我が子の丈太郎と逆であって欲しいとさえ、思ったことがある。

ただ、愚鈍だと思っていた丈太郎は、肉親の愛情の行方にだけは敏感で、徳兵衛が自分よりお美代を可愛がっていると知ると、稼業を顧《かえり》みず、外に出て遊ぶことで抵抗してきたように思える。

——今なら間に合う。心を入れ替えて店の後継者になって欲しい。

徳兵衛の切実な願いが、いっそう丈太郎を追い詰めるような言い方をするのであった。

はたして丈太郎は、ふて腐れて胡座《あぐら》をかいて言ったのである。

「どうせおとっつあんは、私のことは嫌いなんだから……お美代には何でもしてやるのに、この私に出す金は惜しいんだから」

「馬鹿なことを言いなさい。一人息子のお前を、どうしてそういう風に思うものかね」

「そうかな。今だって非難めいた顔してるじゃないか」

「丈太郎……つべこべ言わずに、じゃあ、どのような女子なのか、話してみなさい」

もう一度問い詰めると、

「名は、おなみ……深川の子供屋にいるんだ」

深川では女郎宿のことをそう呼んだ。

丈太郎は、つっけんどんに言い、徳兵衛の顔色を見た。

「やはりな……お前は女郎を女房にしたいというんだね」

「おとっつあん、女郎のどこがいけないんだ。おなみを少しも知らないで、そういう言い方は止めてくれ」

丈太郎は、癇癪《かんしゃく》持ちのように叫び、膝を起こした。

「待ちなさい！」

徳兵衛は背を向けた丈太郎を見上げて言った。

「本当にお前に相応《ふさわ》しい女なら、身請けしてやろうじゃないか。しかしお前が言うような女じゃなかったら、お前もきっぱりと別れなさい」

徳兵衛は、いいねと念を押し、日を置かずして人をやって、そのおなみという女の周辺を調べさせた。

想像していた通り、おなみには男がいた。その男が五日ごとにおなみに金をせびりにやって来ることも知れた。

しかし、そんな現実を話してやっても、丈太郎は手を切るとは言わなかった。

徳兵衛は思い余って、おなみの男の長屋に談判に向かった。

その男が矢次郎《やじろう》とかいう浪人で、徳兵衛は袱紗《ふくさ》に包んでいった十両を上がり框に置き、これ以上丈太郎につきまとうのであれば、こちらにも考えがあると脅したのであった。

「立花様……」

徳兵衛はそこまで話すと、いよいよ熱くなった眼を向けて、

「私が会った矢次郎という御浪人には頬に傷などございませんでした。しかし昨日の今日の話ではありません。あれから一年半も経っておりますし、ひょっとして……」

徳兵衛は、別れ際に矢次郎が口走った「この借りはきっと返す」という恨みの一言を思い出したというのである。

「徳兵衛、その、おなみの男の住家は知っているな」

「はい」

「それと念のために、女が働いている子供屋も教えてくれ」

「承知致しました。どうかよろしくお願いします」

徳兵衛は、必死の表情で頷いた。

「おなみですか、そんな女はもうとっくにここにはいませんね」

着物の裾を引きずって現れた子供屋の女将《おかみ》は、つっ立ったまま平七郎を見下ろすようにして言った。

三河屋の徳兵衛から丈太郎に纏《まつ》わる話を聞き出した平七郎は、秀太はむろんのこと、おこうたちにも助力を頼んで、自身はおなみに会いに深川の子供屋を訪ねたのであった。

しかし丈太郎がおなみに恋狂いしたのは一年半も前のこと、おなみはもうこの岡場所にはいないようだった。

「どこに鞍《くら》替えさせたのだ」

「ふん、ある旦那の妾《めかけ》になるんだと言い出しましてさ。ここの借金三十八両を、その旦那に払ってもらって。まっ、そこまでは良かったんですがね、尻尾《しっぽ》を出しちまったんだろうさ。その旦那の不審を買って身辺を調べられたあげく、『お前の兄と名乗っている男は本当はお前の色だな』とまあ問い詰められましたのさ。これじゃあ話が違うと旦那が怒りだして、三十八両を返せとなって。で、その旦那が連れ歩いていた用心棒と、あの矢次郎とかいう浪人とが斬り合いになりましてね、矢次郎の方が斬られちまって決着はついたんだけど……」

「矢次郎は死んだのか」

「いいえ、頬を斬られて喉元に刀をつきつけられましたのさ、それで矢次郎が降参して命だけは助かったんだけど」

「頬に傷をな」

「はい。おなみは今度は、その旦那に三十八両の金を返さなきゃならなくなったんだよね」

「で、おなみはどこに行ったのか知らないか」

「さあ、噂では本所入江《いりえ》町でチョンノマをやってるって聞いたことがあるけどね」

チョンノマとは、慌ただしい束《つか》の間にということだが、チョンノマの嫖価《ひょうか》は良くても一分、中にはたったの五十文というのまでいる。

墓穴を掘ったといえばそれまでだが、おなみは結局借金だけを背負って、落ちるところまで落ちたということだろう。

哀れといえば哀れな女だった。

しかしそこまで落ちた女に三十八両は、一生かかっても払える金額ではない。

金にならない女を抱えた矢次郎という男は、どんな手立てを使っても金を欲しいと思うだろう。

——これで、両国をお美代を連れて歩いていた男というのは矢次郎に間違いない。

平七郎は確信して子供屋を出た。

「平さん」

路地を出たところで、秀太が走って来た。

「矢次郎という浪人の長屋に行ってみたんですが、もぬけの殻でした。家賃も溜まったままのようで、中を覗いてみましたが、板の間にも埃がたまっていましたから、しばらく帰ってきた形跡はありませんね」

「ふむ」

「博打場かもしれません」

「しかし今はお美代を連れている。子供を連れて博打場には行けまい……どこかにお美代を監禁して、三河屋との取引に備えている筈だ」

「しかし、博打場の仲間から、その居場所がわかるということもあるでしょう」

それはそうだが、期限は後一日を切っている。まずはおなみに会ってそれからだなと、目まぐるしく思案を巡らせていると、猪口橋の手前で読売屋の辰吉の声がした。

「平七郎様、旦那」

辰吉の声は十五間川の河岸からだった。

岸にお力の舟が寄せてあり、その舟の上からだった。

辰吉は、ぴょんと舟から飛び下りると、小走りして河岸から上がり、

「見つけました。矢次郎の隠れ場所の見当をつけやした」

顔を赤くして言った。

「何処だ」

「冬木《ふゆき》町の材木置き場です。今は使っていない小屋のような家があります。人足が使っていた家のようですが、そこに浪人と娘っこの姿を見た者がいます。お力は小屋に殴り込みをかけるといって聞かなかったのですが、ヘタなことをして取り逃がしてはと思いまして」

辰吉は、ちらりと後ろを振り返ってお力を見た。

お力は、舟の縁に足をかけて、こちらを窺《うかが》っていた。手がかりさえつかめたら、鉄砲玉のようにすっ飛んで行こうという気持ちが、ありありと見えた。

「わかった。辰吉、お前はお力の舟で一色さんに連絡を頼む。小屋の方は秀太と俺が行く」

「承知しやした」

辰吉は素早く河岸に走って、お力の舟に飛び乗った。

風車を激しく回してお力の舟が岸を離れて行くのを見届けて、平七郎は秀太とともに冬木町の木場に向かった。

六

その木場には、一足先に丈太郎が立っていた。

昔の遊び仲間に金を渡し、矢次郎の居場所をつきとめ、そしてこの木場の小屋の前に張り込んで一日が経つが、その間に、妹のお美代の姿が小屋の中にあるのを丈太郎は確かめていた。

あの矢次郎が、小用のために出入りした時に、開けた戸のむこうにお美代の着物を認めたのである。

——今助けなければお美代は殺されるかもしれない。

そう考えて物陰から出て来たが、渡る風が湿った空気を大量に含んでいて、この場所に立った時から息苦しさで思わず胸をはだけた程である。

丈太郎は、もう一度、辺りを見回した。

木場は一時は繁盛を極めた様子が窺えるが、今は閑散として人の気配もない。つまりいざという時助けを求めても、誰も気づいてくれないだろうと思えるのであった。

そんな場所に踏み込めば、どんな危険が待っているのか足も竦《すく》むが、丈太郎の胸にはお美代の呼ぶ声がずっと聞こえていたのである。

「兄ちゃま……兄ちゃま……」

数年前まで、お美代は丈太郎のことをそう呼んでいた。

兄さんとか兄様とか呼ぶようになったのはつい最近で、正直「兄ちゃま」と舌足らずで呼ばれていた頃は、これほど妹というのは可愛いものかと思ったものだ。

何をやらせてもお美代は優《すぐ》れていた。

そんなお美代を可愛がる父徳兵衛に反発して、結局お美代を窮地に追い詰めていった自分の愚《おろ》かさ醜《みにく》さを、今丈太郎はしみじみと考えているのであった。

――お美代、兄ちゃまが助けてやるからな。

丈太郎は、腹に気合いを入れて、小屋の戸を開けた。

同時に立ちすくんだ。

目の前に、刃が伸びてきたからである。

「芝居じゃないが、飛んで火にいる夏の虫とはお前のことだな、丈太郎」

刀を突きつけたまま、冷笑を浮かべて目の前に現れたのは、頬に傷のある矢次郎だった。

「や、矢次郎の旦那、お、お美代を許してやってくれ。た、頼む」

硬直したまま、矢次郎に懇願する丈太郎は、部屋の中ほどの丸太の柱の前で、縛られて転がされているお美代を見た。

「お、お美代！」

「兄さま……兄ちゃま……」

一杯に見開いたお美代の双眸《そうぼう》には、兄を慕《した》う喜びの光が放たれていた。

「どうして妹をこんな目に遭わせるんだ。妹には何の関係もないだろう」

「関係ないことはないな。貰いっ子でもお前の妹だ。徳兵衛の娘だ。おなみに嘘八百を並べてその気にさせた倅と、僅かな手切金だけでこの俺を脅そうとした親父の娘だ」

「それを言うなら、あんたたち二人が、私を騙《だま》していたからじゃないか。どうしても人質がいるのなら、私を人質にしてくれ」

「ほう……ずいぶん殊勝なことを言うようになったもんだな。ここにいるお美代はな、罪人の捨て子かも知れないなどとお前に言われてすっかりいじけちまった気の毒な娘だ。俺がちょっと優しい言葉をかけただけで、救いの神に出会ったようにのこのこついて来たんだぜ。自分の方から人質になりたいと言ってきたようなもんだ。しかし、お前も人質になりたいというのなら、そこに座れ」

矢次郎は丈太郎の腹を、足を上げてしたたかに蹴り飛ばした。

よろよろっと不様にお美代の側まで来た丈太郎は、腹を抱えて蹲《うずくま》った。

「腰抜けめ」

矢次郎がにやりと笑って刀を引いたその一瞬、蹲っていた丈太郎の目がきらりと光った。丈太郎が矢次郎に飛びかかったのである。

「野郎……」

矢次郎は素早く躱《かわ》すと、丈太郎目がけて振り仰いだ。

「止めて――」

叫びとともに、後ろ手に縛られていたお美代が矢次郎に体当たりした。思いもかけない敏捷《びんしょう》な動きだった。

ふいを食らってよろけた矢次郎は、怒りも露《あらわ》に残忍な眼をお美代に向けた。

――その時、

矢次郎の刀を撥《は》ね上げてお美代たちの前に立ちふさがった者がいた。

「矢次郎、止めろ。もうなにもかもばれているぞ」

平七郎だった。

続いて飛び込んできた秀太が、急いでお美代の縄を切った。

平七郎は諭すように言った。

「お前のやっていることは逆恨みだ。それに、おなみをどこ迄《まで》不幸にするつもりだ。女の尻に頼って糊口《ここう》を凌《しの》ぐとは男として恥ずかしくないのか。いや、そればかりか幼い娘を誘拐して身の代金を要求するなど、武士の風上にもおけぬ奴」

「うるさい。お前のような小役人に俺の何がわかると言うのだ」

矢次郎はいきなり平七郎に斬りかかって来た。

「馬鹿め」

平七郎は小さく右足を踏み出すと、下方から矢次郎の剣を受けると同時に擦り上げた。

矢次郎の剣は、天井の屋根まで飛んで突き刺さった。

「……」

矢次郎は真っ青な顔で、飛ばされた剣の無残な姿を見、平七郎の顔を見た。

「神妙に致せ」

平七郎の剣が矢次郎の喉元に伸びた。

その時だった。

「立花の旦那、与力様をお連れしました」

お力が戸口で仁王立ちに立っていた。

北町与力一色弥一郎とその配下の者たちが数人、小屋の入り口に並んだのが見えた。

がくりと膝を落とした矢次郎に、

「この野郎……」

お力が飛びかかった。

「止めろお力」

「旦那、一発殴らないことには、あたしの気持ちがおさまりやせんや」

「止めて、お力姉さん」

お美代が駆け寄った。

「お美代ちゃん」

「兄さまが助けに来てくれたのよ、それだけで嬉しいの。お美代のことを妹だって認めてくれたの。わたし、それだけで、それだけで……」

お美代は、感きわまって泣きじゃくった。

「お美代ちゃん……」

お力はお美代を抱き締めた。お美代の頭を撫で、背中をさすりしていたお力の眼にも、涙が光っているように見えた。


風も弱く穏やかな夕刻だった。

金杉橋の南袂にある物揚場《ものあげ》の河岸には、気の早い螢狩りを楽しもうとする客が、屋根舟や猪牙舟に乗り込んでいた。

舳先に風車のついたお力の舟にも、平七郎に手を引かれたお美代と、それにおこうが乗り込んだ。

「旦那、行きますぜ」

お力は、三人が乗り込むと、静かに舟を岸から離した。

ゆっくりと川上に向かって漕ぐお力は、黙々と、そして力強く舟を漕ぐ。

目的地は、赤子のお美代が乗った舟が流されていた岸あたりで、むろん螢狩りなぞではない。

どんな所で、どんな状態で、お美代は捨てられていたのかを、お美代に直接教えてやることで、この先お美代の胸から苦悩のひとつを取り除けるのではないか。

お力の思いつきで、お美代が捨てられていた場所に、お美代を連れていくことになったのである。

すでに浪人矢次郎は処刑されており、おなみに至っては、平七郎が探し当てた時には、もうすでに病でこの世を去っていた。

三河屋の家の中もそれなりに落ち着いてきて、一段落したところで、お力はお美代を連れ出したのであった。

川を遡《さかのぼ》るにつれて、両岸は緑の香りもかんばしく、夕闇に静かに溶け込んでいるように見えた。

右手に見えていた増上寺の屋根に滞《とどこお》っていた茜《あかね》色も、今はわずかばかりの陽の名残《なごり》を残しているだけだった。

舟はやがて、お美代が捨てられていた赤羽橋が遠くに見える一角に止まった。

赤羽橋には赤い夕日が、そこだけ浮かび上がるように残っていた。

「お美代ちゃん、ここだよ。あの橋は赤羽橋というんだが、あんたはあの橋の下をくぐってここまで流れてきたんだ」

お美代は、舟の上に伸び上がって、黒々とした瞳で、お力が指し示す赤羽橋をじっと見入った。

お力は、静かに言葉を続けた。

「いいかい、お美代ちゃん。あんたはね、絶対罪人の子なんかじゃない、きっととてもいいところの……れっきとした大したお武家の家の子だったのかもしれないんだ……お美代ちゃんを包んでいた物は、あたしたちには手の届かない柔らかな絹だったんだからね。美代と書いた紙を懐に入れてもらって、あんたはおっかさんに守られてここまで来たんだ。そうそう、乗っていた舟は螢舟と呼ばれているものだったけど、その舟が、あんたのおっかさんの腕のように揺れていたんだ」

「おっかさん……」

お美代の双眸から涙が溢れ出た。

だがその眼は、しっかりと、赤羽の橋を捕らえていた。

「あの橋をおっかさんも見たのかしら……」

お美代は呟いた。

「わたし、何度もこの場所を夢に見たことがあるわ……螢が飛んでいて、そしてあの赤羽の橋もいつも夢の中に出てきたの……あの橋の上で手をふってくれるおばさんがいて……やっぱり、あれはおっかさんだったのね……ねえ、お力姉さん、そうですよね、おっかさんですよね……おっかさん……」

お美代は泣き崩れた。

「お美代……ここはお前のおっかさんに会える場所だ。お前のおっかさんは、お前の幸せを願ってここにお前を流したのだ。どうしてもそうしなければならぬ事情があったのだ。おっかさんはお前を助けたくて、お前だけには幸せになって欲しくて舟に置いたのだ。わかってやれ……そして、うんと幸せになれ」

平七郎は、お美代の耳元に優しく話しかけた。

「平七郎様……」

おこうが、涙声で言い、平七郎の視線を川上の茂みの中に誘《いざな》った。

螢が一匹、まだ弱々しいが、しっかりと光を放ちながら赤羽の橋に向かって飛び去った。

第三話　夢の女

一

西国の名刹《めいさつ》西京寺《さいきょう》の十一面千手観音の出開帳はこの月末までということだが、陽の名残が回向院《えこう》の屋根を染め、地表に薄闇が忍び込むようになって、やっと人の波も一息ついた感がある。

なにしろ、東の空が明るくなってから雪洞《ぼんぼり》の蠟燭《ろうそく》が燃え尽きるまでというもの、両国橋からずっと人混みが続いているのである。

橋の上で大勢が立ち往生すれば、永代橋のように橋の底が抜けないとも限らないわけだから、回向院に出開帳やら相撲《すもう》やらがある時には、余所《よそ》の橋の見回りをしていても、一度は両国橋に立ち寄るという気の使いようで、定員二人の橋廻りは大忙しである。

今日は橋の上で二件、西の橋袂で一件、足を踏んだの尻を蹴ったの、割り込んだのと喧《けん》嘩《か》があり、平七郎も秀太もほとほと疲れてしまった。

ようやく陽が落ちて、二人はおこうに誘われた米沢町の飯屋『もみじ』に入った。

もみじは、おこうの友人おらくが母のおいしとやっている店だと聞いているが、平七郎は店に入るのは初めてだった。

飯屋といっても酒も出し、肴《さかな》にするようなちょっとした料理も出す近頃評判の店だとおこうは言い、今日はご馳走させて下さいと誘ってくれたのであった。

「いらっしゃいませ」

若い女の声に迎えられて中に入ると、赤い襷《たすき》をかけた小女が二人、もみじの葉を散らした揃《そろ》いの友禅の前垂《まえだれ》をして、平七郎と秀太を迎えてくれた。

思わず秀太の顔が綻《ほころ》ぶ。

「平七郎様はこちらですよ」

おこうが出てきて、座敷の奥に案内してくれた。

「この店の女将《おかみ》でおいしと申します。これを機会に是非ご贔屓《ひいき》にして下さいまし」

五十前後の小太りの女が出て来て挨拶《あいさつ》をしたが、腰を落ち着けるまもなく調理場に走っていった。

「なんでも……と言っても料理屋さんのようにはいきませんが、お好きな物を注文して下さい。お魚も新鮮ですから、なますで食べてよし、さしみで食べてよし、ここは木の芽和《あ》えも美味しいですから、そうね、筍《たけのこ》の木の芽和えなどを向付にどうでしょうか」

おこうは、俄《にわか》給仕人になって平七郎と秀太に勧めるのであった。

「おこう、何かあったのか」

平七郎は、鶸茶色《ひわちゃ》（緑みのにぶい黄）の単衣《ひとえ》に藤煤竹色《ふじすすたけ》の帯を締めて、妙に弾んでいるおこうの顔を覗くようにして聞いてみた。

突然ご馳走するなどと言い出したのが、どこかにひっかかっていたのである。

「まさか、いい人を紹介しますなんて言うのじゃないだろうな」

秀太もなんとなく落ち着かないようで、おこうの顔色を窺うような顔をした。

「そのまさかです。実は紹介したいというか、お二人に見て頂きたいお人がいるんです」

秀太の顔が強張った。まさかという顔で平七郎を見た。

「おこうのいい人なんだな」

平静を装って聞く平七郎も、少々不意打ちを食らった態《てい》で、正直心穏《おだ》やかというわけではない。

おこうほどの美貌である。いつなんどき、どんな男がおこうの前に現れるか知れないのは当たり前だと日頃から自分に言い聞かせてはいるものの、一方ではそんな場面を実際に迎えるのを拒《こば》みたいような気持ちもある。

いよいよ来るべき時が来たというわけだ。平七郎はおこうの次の言葉を待った。

「いやだ、二人とも。変な顔して……わかった、私にはそんなお人は現れないと思ってらっしゃったんでしょ」

おこうは、面白そうにころころと笑ったあと、

「ご明察……私じゃなくて、ここの娘の、つまり私の友人のおらくさんのね、お相手のことなのよ」

「それを早く言え」

平七郎は、つっけんどんな言い方をして、盃の中にあった酒を照れ隠しに飲み干した。

「まったくですよ、びっくりしましたよ」

秀太もぐいと飲み干した。

「で、どこにいるのだ？……友達のおらくと、その相手は……」

平七郎は首を回して、まわりの客をひとあたりざっと眺めた。

心が軽くなって、他人の相手を検分して楽しむ気持ちになっている。

「ほら、帰ってきた」

おこうは、暖簾を割って入って来た二人連れを見て呟《つぶや》いた。

おらくは千草色の単衣に焦茶《こげちゃ》の帯を締めた色白の首の長い娘だった。

約束の刻限に遅れているのを気にして急いで帰ってきたのだろう。肩で息をしながらおこうに謝った。

連れの男は、三人もの人間が自分たちを待っていてくれたことに気づき、臆《おく》したように

暖簾の下に棒立ちになっている。

その背をおらくが押すようにして、平七郎たちの前に連れて来た。

「もう、与五郎《よごろう》さんときたら、いつまでも動こうとしないんだから……」

おらくの声ははしゃいでいた。

「押し合いへし合いの人混みで、後ろからは早くどいてくれって言われてるのに」

「やっぱり、回向院の出開帳に行っていたのね」

おこうが言った。

「ごめんなさい。もっと早く帰ってくるつもりだったんですけど、与五郎さんたら、口の中でぶつぶつ言って、穴の開くほど観音様に見入っているんですもの」

「よほど有り難い観音様のようだな。こっちは人混みの心配だけでまだ拝んだことがない」

平七郎も調子を合わせて、軽口を叩いた。

「それよりなにより、頭にあるのは観音様だけ。私のことなど、どうでもいいんだから」

おらくは、ちらっと与五郎を見て拗《す》ねてみせる。

だが与五郎は、窪《くぼ》んだ眼の奥に酔ったような光を宿し、苦笑しているだけである。

「でも仕方がないわ。与五郎さんね、仏像を彫っているんですよ」

おらくは自慢げに言った。

「ほう、どんな仏像だ」

平七郎は顔を、与五郎に向けた。

「いえ……気の向くままです。大したものじゃありません」

与五郎が初めて口を開いて言った。たどたどしい口調だった。

伏し目がちの眼を上げることもなく、よほど人見知りが強いのか、話が苦手なのか、明るいおらくとは対照的で、奇妙な組み合わせだと平七郎は思った。

「ゆっくりして、たくさん召し上がっていってね、おこうさん」

おらくは言い、にこりと平七郎たちにも笑みを見せた。

「おらくさん、あなたも与五郎さんと一緒にこちらで頂きませんか」

「私は少し手伝ってあげないと……」

おらくは袖の裾を帯に挟みながら店内を見渡して、

「与五郎さん、あなたはこちらでご一緒してはいかがですか」

与五郎に目で勧めるが、

「すまねえ、どうしてもやらなくちゃならねえ仕事がある」

という。

「せっかく与五郎さんに引き合わせようと思って来ていただいたのに」

おらくは睨んでみせたが、与五郎が思いのほか恐縮しているのを見てとると、

「じゃあちょっと待って……何か見繕ってくるから」

おらくは調理場に走ると包みを抱いて戻って来て、与五郎にそれを押しつけた。

「じゃあ、おっかさんに挨拶してくるよ」

「いいのよ、おっかさん、よろしくって言ってたから。帳場もみなきゃならないし、おっかさん忙しいんだから」

「そうか、じゃ、行くよ」

与五郎はそう言うと、平七郎たちにぴょこんと辞儀をして帰って行った。やっと解放されたといった足取りだった。

「ねえ、どう思う……」

興味津々のおこうの声がすぐに飛んできたが、平七郎は立ち上がって戸口に立つと表を覗いた。

背を丸めて帰っていく与五郎の後ろを、格子柄の着物を着流しした男が一人、これも背を丸め両袖から手を差し入れて組み、歩いていくのが見えた。

——まさか……。

ふと胸騒ぎがして見ていると、与五郎の姿が闇に消えて、まもなく格子柄の着流しの男も闇に消えた。

「平さん、どうかしましたか」

秀太が出てきて、平七郎の横に並んで闇を見た。

「いや、俺の勘違いかもしれないのだが……与五郎の後を尾けていった男がいてな、それが岩井《いわい》さんが手札を渡していた岡っ引に似ていたのだ」

「岩井さん……誰ですか」

「岩井彦次郎《ひこじろう》と言ってな、一年前まで定町廻りだった人だ。俺も二年ほど一緒にやったことがある。だが去年突然亡くなって、今は子息が見習いで出仕していると聞いている。当然定町廻りは外されているから岡っ引を使っている筈はないのだが……」

「そんなこと、どうでもいいじゃないですか。おこうさんが待ってますよ」

秀太は小声で言った。

振り返ると、おこうが怪訝《けげん》な顔をしてこちらを見ていた。

「よし、せっかくだ。頂こう」

平七郎はふんぎりをつけるように言い、もう一度座敷に上がった。

どこか遠くで半鐘の音を聞いたようだが、もみじで飲んだ酒が過ぎたのだと夢うつつで言い聞かせ、平七郎は朝までぐっすりと眠った。

「平七郎様、旦那様、起きて下さいませ」

体を揺すられて目を開けると、顔の上から又平が覗いていた。

すでに陽は上り、庭にも部屋の中にも眩《まぶ》しいほどの光を注いでいて、又平の皺《しわ》をこんなに間近で見たことはないと思った。

——今日の橋廻りは遅出早終いだな……。

勝手にそんなことが頭を過《よぎ》った。

奉行所に出仕するのは報告の日以外は定刻に行くというわけではないので、橋廻りはさぼろうと思えばいくらでも融通はきく。

きちんきちんと毎日役所に出仕するように見回りに出ているのは、記帳魔で仕事熱心な秀太のせいだが、その秀太も今日は常のようには橋には出かけていないのではないかと思った。

なぜなら秀太は、夕べははしゃぎ過ぎて飲み過ぎたらしく、一度ひっくりかえって、平七郎は大いに迷惑したのであった。

「おこうさんが、おらくさんという方と一緒に参られております。お休みでしたからこちらにお通しするわけにもいかず、小座敷で待って頂いております。お母上様がお相手をなさっておりまして」

「いかん……すぐに参る」

平七郎は飛び起きると、急いで着物を着て小座敷に入った。

「おやおや、もうよろしいのですか」

母の里絵は何か言いたそうな顔を向けたが、

「ではわたくしは退散しましょう」

すいと立って出て行った。

「ふぅ……」

ひとまず小言を言われずに済み、溜め息をついた平七郎に、

「平七郎様、昨日の今日で申しわけございませんが、どうしても、このおらくさんの力になってあげて頂きたくてお訪ねしたんです」

おこうはいつに無く改まった言い方をして、平七郎を見た。

「何か困ったことでもあったのか」

「実は昨夜、柳原《やなぎわら》の御籾蔵《おもみぐら》近くの平永町《ひらなが》で火事がございまして……平七郎様はご存じございませんか」

「そういえば、夢の中で半鐘を聞いたような聞かなかったような……その火事がどうかしたのか」

「それが……火事があった平永町の蛤《はまぐり》長屋に与五郎さんが住んでいるのです。なんだか胸騒ぎがして、与五郎さんが無事なのかどうか心配で……」

　おらくが不安を訴えた。

「夕べの今日だ。そのうち詳《くわ》しい事情もわかるのじゃないか」

「平七郎様、それがですね。昨夜、おらくさんがうちに飛び込んできましたので、私、辰吉を火事現場にやったんです。それで今朝帰ってきて言うのには、誰かはわからないが、焼け焦げた遺体が一つ焼け跡から出てきたって」

「何……しかし、それが与五郎とは限らんだろう。与五郎はどこかの知り合いか親戚《しんせき》かに身を寄せているかもしれぬ」

「与五郎さんは江戸に出てきて日も浅く宿を借りるほどの友人はいない筈です。親戚なども一人もおりません。それに、心配なのは、遺体が出た家が与五郎さんの家なんです」

「まことか」

　平七郎はおらくに確かめるように聞くと、おこうにもその視線を向けた。

　おこうは沈痛な顔で頷くと、

「辰吉の話はこうでした。火事は蛤長屋の一棟を焼いただけで助かったが、その焼け跡の中から一体の黒焦げの遺体が見つかった。それが火元の与五郎さんの家からだったというのです。火事があったのは、そろそろ床に入ろうかという時刻で、ぼやが出たところで皆長屋の外に出て、柳原の火除地に走って助かっています。まさか与五郎さんが残っていたなんて誰も知らなかったんです。ところがお役人がみえて火事場を検証していて遺体が見つかった。焼け出された中に当人の与五郎がいないことから、遺体は与五郎さんに違いないということになったんです」

おこうは読売屋らしく理路をたどって説明し、尚《なお》入念に調べるように辰吉を火事場に張りつかせているのだと言った。

「火元が与五郎の家だというのも間違いないのか」

「ええ、どうやら泥酔して眠ってしまって、行灯《あんどん》の灯を蹴飛ばしたかどうかして火がついたのではということです。焼け焦げた遺体の側に、徳利も転がっていたようですから。でもね、おらくさんは、与五郎さんはそんな大酒飲みじゃないというんです。お店に立ち寄った時に一緒に飲んだことがあるけれど、おらくさんの方が強くって、与五郎さんはすぐに酔っ払ったんだと……だからそんな徳利にお酒を買ってきて飲むような人じゃないと……」

「では焼け死んだのは別人だというのか、おらくは」

平七郎は、おらくを見た。

おらくは、不安な表情を浮かべて言った。

「なんとなく、そんな気がするんです。私、今だから申しますが、あの人に心惹《ひ》かれる一方で、なにかしら、あの人が纏《まと》っている、よく説明出来ないんですが、何かに怯《おび》えたような不安なものを感じていました。胸のうちで打ち消し打ち消ししてきたのですが、互いの気持ちが深まるにつれ、私自身も不安になって、それでおこうさんに打ち明けて、あの人を冷静に見てほしいと頼んだのです」

「平七郎様、おらくさんは、与五郎さんと一緒になる約束までしていたんですよ。突然死んだでは、何がなんだかわからないでしょう。もしも焼けた遺体が与五郎さんだとしても、夫と決めた人の最期はちゃんと知りたい、なぜ焼け死ぬことになったのか知りたいって。それには平七郎様を頼る他ない、そういうことなの」

「わからぬではないが、おらく、お前は与五郎の生国、家族、なぜ江戸に出てきたのか聞いておるのか」

平七郎の問いかけにおらくは一瞬息を詰めた。だが自信のなさそうな声で言った。

「生まれは飛驒《ひだ》の山奥だと聞いていました。子供の頃から仏師になるのが夢で、やっと二年半程前だったかしら、江戸に出てきたのだと……それで今は小さな請負の仕事で糊口《ここう》を凌《しの》いでいるけれど、きっと人も認める仏師になってみせると言って……」

おらくは懐から小さな仏像を出して平七郎に見せた。

掌に乗る三寸ばかりの、小さな阿弥陀如来《あみだにょらい》の仏像だった。立像で右肩に印を結び、頬に優しげな表情を置き、慈悲の眼を持ち、滑らかな肌をも見事に彫り出していて、仏像のことなど知識のない平七郎でさえ、その精巧さには驚いた。

「これを、あの与五郎が彫ったのか」

手にとって、その感触を確かめる。

「ええ。私に彫ってくれたものです。私の幸せを願って彫ったのだと与五郎さんは言いました。与五郎さんのこと、いろいろ詮索《せんさく》しなくても、この仏像で私は与五郎さんのすべてを知ったような気がしていたのです」

「……」

「平七郎様、私、このような慈悲にあふれた仏像を彫る与五郎さんが、別れも告げずに、あっという間に私の前からいなくなるなんて、とても信じられません。お願いします。お力をお貸し下さいませ」

おらくは縋《すが》るような眼をして言った。

二

平永町は神田川の和泉橋の西南、御籾蔵の南にある。この辺りは昔は誓願《せいがん》寺があったところで、明暦《めいれき》の大火の折に寺は焼けて町地となり、平永町と名づけられた。

平永町は丁の字の新道が町を三つに区切っているが、火事のあったのは蛤新道の東側に位置する町内の裏長屋だった。

新道には神田川で取れた蛤を扱っている小さな店が多く、平七郎が新道に入ると軒に笊《ざる》や桶を並べている店もあったが、火事の後でもあり、妙な静まりをみせていた。

焦《こ》げた匂いが通りに充満していて、あちらこちらでひそひそ立ち話をしている女房たちが目に留まった。

通りの中程にある蛤長屋の木戸から中を眺めると、すぐ近くで辰吉が渋い顔をして立っていた。

焼けた長屋の一棟が、辰吉の向こうに見え、野次馬か焼け出された者たちなのか人垣をつくっていた。

「来てるんですよ、定町廻りの旦那方が」

辰吉が近づいて、声を潜めて言い、人垣を振り返った。

その時、同心二人が人垣を割り、手下の岡っ引をそれぞれ連れて、平七郎たちがいる木戸の口まで歩いて来た。

十手で肩をとんとん叩きながら、じろりと平七郎を見て立ち止まった。

定町廻りの亀井市之進と工藤豊次郎だった。

二人はまるで小者を見下すような目つきをして、

「おっと、珍しい人に会うものだ。もう奉行所にはおらぬのかと思ったら、そうか、おぬし、橋廻りだったな」

まず亀井が言い、横にいる工藤と意味ありげな笑みを漏らした。

負けずに工藤も言った。

「なんの用だ……火事を見にきたのか……言っとくがもう調べは終わった。野次馬で来たのならいいが、後で妙な茶々を入れられては困る。いいか、橋廻りは橋だけ見回れ」

二人はへらへらと冷たい笑いを残して去った。

「ちくしょう、平七郎の旦那、悔しくないんですか。なんとか言ってやったらどうなんですか」

辰吉が悔しがる。

「放っておけ。言いたい奴には言わせておくさ」

平七郎は平然として、焼け跡に歩み寄った。

黒焦げの柱からはまだ余燼《よじん》が立ち昇っていて、きな臭い匂いが周りに満ちていた。焼死体はもう番屋に運ばれたのだろう。そして、散乱する焼け焦げの中に屈み込んで、煙で真っ黒になった徳利を手にじっと思案している一人の男の姿が目に入った。

男は先夜、もみじから帰って行く与五郎の後を追って闇に消えたあの男だった。

その男が、ふっと平七郎の気配に顔を上げた。

覚えのあるあばた面《づら》の男だった。思案していた鋭い視線のまま、男は黙礼して立ち上がった。

「峰吉《みねきち》、峰吉ではないか」

男はやはり、かつての同僚岩井彦次郎から手札をもらっていた岡っ引の峰吉だった。

「こりゃあ旦那、お久し振りでございます」

「平七郎の旦那、この親分をご存じだったんですか。あっしが調べたり聞き込みしようとすると、ずっと邪魔されたんですぜ」

辰吉が平七郎の耳に小声で言った。

「何をしているのだ、峰吉」

平七郎は辰吉に苦笑を返すと、裾についた煤《すす》を払っている峰吉に聞いた。

「御覧の通り、火事場改めをやってるんですよ、旦那」

「誰の手下だ、今は誰から手札をもらっている」

「手札はありやせんや。ですがそんな物なくっても、あっしは調べなくちゃならねえんで」

「何を調べている。焼け死んだ与五郎のことか」

「旦那、さっき帰った旦那方は、この火事は与五郎が深酒をして失火し、自身も焼け死んだと決着つけたようでござんすが、あっしも遺体を拝みやしたが、あれは誰だか判別はつかねえ。それに与五郎は大して酒はやらぬ。死んだのは与五郎じゃあござんせんよ」

峰吉はにやりと笑った。

「証拠はあるのか」

「あっしの勘でさ。もう一歩のところで死なれちまっちゃ……」

峰吉は悔しげに焼け跡を見渡して、

「それじゃあ、あっしはこれで」

平七郎に仁義を切って、踵を返した。

「待て、峰吉」

平七郎が呼び止めた。

「お前は先夜、両国の近くのもみじという店から与五郎を尾《つ》けていたな。手札も返したはずのお前が、なぜ、与五郎を追っていたのだ」

「立花様、立花の旦那は橋廻りにおなりになったと聞いておりやすが、昔の黒鷹と呼ばれた頃の旦那の活躍は、誰よりもあっしがよおく知っておりやす。あっしがなぜまだこんな真似《まね》をしているのか、立花の旦那にお話ししてお力を頂けば苦労もねえかと存じますが、これはあっしの旦那だった岩井様がやり残した事件でございやす。あっし一人の手でやりてえ、その思いで欲も得もなく動いていることでございやすから、どうぞご勘弁を……」

峰吉はそう言うと、ひらりと焼け残った柱の残骸を飛び越えて、急ぎ足で木戸口に消えた。

「嫌な野郎ですね」

辰吉が、いまいましげに言った。

「辰吉、頼みがある」

「へい」

「奴から離れるな」

「奴って、あの峰吉のことですか」

「そうだ」

「……」

「気が進まぬようだが、徹底してつきまとって、あの男が何を追っているのか聞き出すんだ」

「旦那、勘弁して下さいよ。あの手の男はあっしの一番苦手な人間でさ」

「それが出来て読売屋としても、俺の手下としても一人前だ」

「だ、旦那、今なんとおっしゃいました……俺の手下とかなんとか」

辰吉は頬を紅潮させて聞く。

「お前の腕なら、修業のしようで立派な手下になれると俺は思っているのだ」

「や、やります。何でもやりますよ。よおし……」

辰吉は腕捲《まく》りをすると、その腕をぐるぐる回して、

「ではあっしはこれで……」

いきなり仁義を切るような仕草をして、辰吉は木戸に消えた峰吉の後を追った。

「何、おこう、今なんと言ったのだ」

読売屋『一文字屋』に引き返した平七郎は、待ち受けていたおこうから、おらくが入水

したが、すんでのところで、秀太と上村左馬助《かみむらさまのすけ》に助けられて一命を取り止めたと聞き、耳を疑った。

上村左馬助は平七郎の剣の友で、今は久松町《ひさまつ》で道場を開いている。

ところが門弟はさっぱりで、剣を習いたいとかねてから願っていた秀太が弟子になっていて、二人は今は師弟関係である。

橋の上で二人はばったり会い、記帳魔の秀太に剣の道の心得でもしつこく尋ねられていたに違いない。ちょうどそんな時におらくが身投げをし、二人に助けられたということらしい。

「それにしても、秀太や左馬助がいて良かった……」

「おっかさんのおいしさんがね、ちょっと目を離したすきに、おらくさん、柳橋を渡って隅田川べりにある河岸地に歩いて行ったようなんです。最初から身投げしようと考えていたかどうか私にもわかりませんが、両国橋の上で平塚様と上村様とが話していて、なにげなく橋の北の景色を眺めた時にね、女の人が川に入ろうとしているのが目にとまったって。それで二人が走っていって、流される寸前につかまえたんだっていうんです。そしたら、それがおらくさんだったんですよ」

「それで、おらくはどうしている」

「今日はお店も閉めて、二階で休んでいます。生きる望みを失ったんです、きっと。あの人、今まで恋などしたことがなかったんです」

「馬鹿なことを。とにかく行こう」

平七郎はおこうと急ぎもみじに走った。

すると店に入るなり、

「来たか、上だ」

秀太と左馬助が出迎えて、左馬助が二階をつんつんと指差した。

二人は二階にいづらかったのか、階下の店で勝手に酒樽《さかだる》から酒を抜いて飲んでいた。

左馬助などは、もう結構頬を赤くしている。

左馬助は酒に目がない。

平七郎は二人を下に置いたまま、おこうと二階に駆け上った。

はたして、おらくは二階の座敷に伏せっており、母親のおいしが側で苦り切って座っていた。

「眠っているのか」

平七郎の問いに、おいしが頷いて答えた。

「私が見ていますから……」

おこうがおいしに頷くと、おいしは平七郎を目で促して階下に降りた。

「立花様、聞いて頂きたい話がございます」

おいしは、三人に囲まれるようにして座り、真向かいにいる平七郎に切り出した。

「なんだね、話してみなさい」

「おらくと喧嘩したんですよ。それでおらくは死のうとしたのだと思います」

「喧嘩、与五郎のことでか」

「ええ。あの子は、こんなことでもなかったら、私にずっと内緒にしておくつもりだったらしいんですが……」

おいしは、家の恥をお話ししたくはないのですがと断って、おらくが黙ってなけなしの三十両を与五郎に貢《みつ》いでいたのだと言った。

「おらくが言ったのか」

「もうどうしようもないと思ったんでしょうね。あの子は、与五郎さんに立派な仕事場を持たせてやりたかったのだと言うのですが、こっちだって、亭主が亡くなってから女手でやっと溜めた金ですからね。御覧の通り、店の中もあっちが傷み、こっちが傷みしていますからね、溜めたお金で、もう少し小綺麗な店にして少しずつ商いも大きくしてと、色々計画していたのに、そのお金を、好いた男にそっくり……」

「……」

「与五郎さんもここに何度か来ているのに、なんにもあたしには言わないんだもの……ただの一度も、おっかさんすまねえとか何とか、言いようがあるでしょうよ。それを素知らぬ顔して娘を騙《だま》してさ」

おいしは、言っているうちにまた腹が立ってきたらしく、語気荒く与五郎をなじった。

「おいおい、騙したかどうかは、わからないじゃないか」

「そうに決まってますよ。女二人の所帯とわかって近づいて来たんですよ。あの子はね、あの通り、あの年で男を知らないおぼこですから、甘い言葉をかけりゃあいちころなんですよ。それで大喧嘩してね。ろくでもない男だと私が言ったものだから、あの子が怒って……」

「……」

「信じきっているんだから話になりゃしない。悪いのは自分だと、無理やりお金は押しつけたのだと言うばかりで……それで言ってやったんですよ。出ていけって……」

「おいし……」

「まさか身投げをしようとするなんて……与五郎のためにうちはもう、目茶苦茶ですよ。旦那、どうしたらいいんでしょうね」

「いずれにしても、与五郎が生きているのか死んでいるのか」

「旦那、焼け跡から三十両のお金、出てきましたか……出てきてないでしょう。あの男が長屋に火をつけて逃げたんですよ、きっとそうですよ」

「そうかな……」

平七郎は腕を組んだ。

たった今まで、焼け跡にあったという焼死体は、与五郎ではなく別人かもしれぬと考えていたのだが、おいしの話を聞いて、死体はやはり与五郎ではないかと思い始めていた。

おいしの言うように、与五郎が悪人で、金を持ち逃げするために長屋に火をつけて、誰かがそれに巻き込まれて死んだ……というのではない。

平七郎の頭に浮かんだのは、与五郎の金を狙《ねら》った誰かが与五郎を殺し、長屋に火をつけて逃走したのではないかと思ったのだ。

与五郎がおらくを騙し、金を手に入れてとんずらするのに、わざわざ長屋に火をつける必要はないのである。

平七郎は、おらくのために与五郎が彫ったという仏像をこの目で見ている。

あれを見る限り、欲のために、金のために、偽装までして己を死んだとみせかけて逃走するような人間には、とても思えないからだった。

しかし、そう考える一方で、この店で最初に会った時の、人目を嫌うような与五郎のあの陰気さの裏には、何か禍々《まがまが》しいものが潜んでいたのではないかという疑いも、平七郎の胸にはある。

まして岡っ引だった峰吉が、男の執念を燃やして追っていた与五郎とは何者だったのか、それも大きな疑問として残っている。

あれやこれやと逡巡《しゅんじゅん》していた平七郎は、顔を上げておいしに言った。

「もうおらくを責めるのは止してやれ。確かに与五郎には陰があったが、俺は悪人ではないと見た。それにな、あの男は心底おらくに惚れていたぞ。大切な金を無くした腹立ちもわかるが、おらくの気持ちも考えてやれ。命は一つしかないのだぞ。娘はおらく一人しかいないのだぞ。娘の心を信じてやれ」

「旦那……」

「今は真実を探ることが肝心だ。約束する。きっと真相をつかむとな」

おいしは、じっと考えていたが、太い溜め息をつくと観念したように言った。

「旦那の言うとおりだね、あたしにはあの子しかいない。あの子に何かがあったら、生きていたって楽しみがないものね。この店の改築だって、あの子のためを思って考えていたんだもの。ふっ、馬鹿だね、あたしは。見えるものも見えなくなってましたよ。わかりました。与五郎さんのことは旦那にお願いして、また懸命に働きます」

おいしがそう言った時、後ろでおらくのすすり泣く声が聞こえて来た。

おらくは、おこうに手をひかれて、階段の下まで降りてきていたのである。

「おっかさん、ごめんなさい……」

「おらく……」

振り返って立ち上がったおいしに、おらくは言った。

「許して、おっかさん。私、あの人を疑いたくないんです。どんなことがあっても信じていたいのです」

おらくはそこに泣き崩れた。

「平七郎、俺も手伝うぞ」

顔を赤くした左馬助が言った。

「私も手伝います」

秀太も膝に手を置いて言う。

平七郎は、大きく頷いて立ち上がった。

「まあまあ、そう言わずに、ぐっとやっておくんなさい。ここの勘定はあっしが……なあに、お気になさらずに本当に、あっしにはなんの魂胆もありゃあしません。ただただ、親分の心意気に感心して、はい、涙が出るほど、この胸を打たれて……そういうことでござんすから……」

三

辰吉は、飲み屋の奥の座敷に峰吉が上がったのを見届けると、早速自分も銚子を持って側に座り、もう一刻近くも峰吉を酒責め料理責めにしているのであった。

場所は神田の花房《はなぶさ》町、峰吉は一日中府内の仏師や木寄《きよせ》師などの家を回っていたが、これといった情報が得られなかったのか、家にはまっすぐ帰らずに、飲み屋の暖簾をくぐったのだった。

読売屋は足で勝負する職業だが、さすがの辰吉も峰吉の精力的な動きには舌を巻いた。

辰吉が尾けていることは、尾け始めてすぐに相手に知られたようだった。

二度三度と逆に待ち伏せされて、尾いてくるんじゃないと脅されたが、辰吉はにこにこ笑って、ただひたすら峰吉の後ろを尾けた。

最初のうちは、何度も後ろを振り向いて嫌な顔をして、しっしっ、などと言い、野良犬でも追っ払うようなしぐさを繰り返していたが、丸一日つきまとっているうちに、峰吉は辰吉を頭の中から外したようで、飲み屋に入る時には、まったくといっていいほど後ろは気にしていなかった。

辰吉は、脅しをかけられようと、犬猫のように手を振って追っ払われても、ひたすら峰吉の後ろを尾けた。

お前は岡っ引になれるいいものを持っている、筋もいいなどと平七郎が言ってくれたものだから、その言葉を何度も胸の中で反芻《はんすう》しながら、峰吉にどんなに邪険にされてもついてきたのであった。

「本当に魂胆はねえっていうんだな」

峰吉は、盃を差し出しながら、念を押すように狡猾《こうかつ》な笑みを見せた。

「へい。親分の勘の良さにほとほと感じ入ってのことでございやす。御用聞きの鑑《かがみ》でござんすよ」

「本当にそう思うか」

「当たり前です。それに加えて身の軽さ、そつのない調べ、どれをとっても親分の右に出る岡っ引などどこの江戸にはおりやせんや。あっしはそう思いました」

「そうか、そう思ってくれたのか」

「男が男に惚《ほ》れるとは、こういうことでございやしょうね。親分、そういう気持ちでございますから、あっしの気持ちを飲んでやって下さいまし」

手を取るようにして盃をすすめた。

「おめえの名は何というんだ」

「へい、辰といいます」

「よしわかった。辰がそこまでいうのなら、一杯だけ飲んでやろう」

「ありがとうございます」

辰吉は、なみなみと峰吉の盃に酒を注いだ。

ぐいと空けるのを待って、

「もう一杯、もう一杯だけ」

「仕方がねえな」

苦笑して峰吉はまた飲む。

するとまたなんやかやと褒めちぎって注ぐ。

そうしているうちに、最初はお前のような男の盃など飲むものかと言っていた男が、自分のほうから盃を差し出すようになった。

——しめた。

辰吉はどんどん注ぎ、五合前後飲ませたところで、おもむろに言った。

「しかし何でございやすね。親分は十手を返したという話ですが、手札もねえのにかつての旦那が手がけていた事件を、未《いま》だに追っかけているなんて、涙がでますぜ」

「まあな……」

「その話をしてもらえませんかね。いやなに、どこにも漏らしはいたしやせん」

「しょうがねえ野郎だな。まっ、そこまで言うなら話してやろう」

「へい」

生唾を飲んだ辰吉に、峰吉は額を寄せるようにして話したのである。

峰吉の話によれば、府内の骨董屋《こっとう》に、飛騨高山《たかやま》の山中に棲《す》み、生涯を仏像彫りに明け暮れた伝説的な仏師『懐空《かいくう》』の作品と思われる阿弥陀仏、観音仏が大量に出回ったことがあった。

懐空は大仏師で、中年から老年にさしかかる年頃までは、あちらこちらの寺の仏像を彫っていた。

その時にはさしたる人気もなかったのだが、老境に入り飛騨の山中に庵《いおり》を建て、そこに籠って一尺余りの仏像を彫るようになり、俄然盛名を馳せるようになった。

大きな仏像から一般の人の手にも入る寸法の仏像を彫るようになったことが、その声望を高めたともいえる。

実際、庵を訪ねてその仏像を拝顔した者は、震えが来るほどの感動を覚えたというのだから、その素晴らしさたるや知れようというものである。

懐空が山中の庵で死を迎えるまでの十年間に彫った仏像の数は、五寸ほどの物から一尺強の物まで、阿弥陀や観音合わせて五十体近くあったと言われているが、自分を支援してくれる人たちに譲る以外は市場に出すということもなかったために、その実態はつかめていない。

とにかく、懐空の仏像を持っていれば、安らかな死を迎えられる、浄土から迎えに来てくれるという評判で、様々な苦しみを抱いた者たちからは絶大な信望を得ていたといえる。

その懐空の仏像が市場に大量に出てきたのは、懐空が亡くなってから三年が経った二年前のこと、ただし店頭には出ない秘蔵のものだったが、仏像の好事家《こうずかたちにとっては垂涎《すいぜん》の品で、一体が百両とも二百両とも言われていたが、骨董屋に入った途端すぐに売れた。

実際心や体を患《わずら》っていて、あるいは死出の床に就いていて仏の救いを求めたい者たちが金さえあればすぐにも手に入れたいと願うこともあり、懐空の仏像は月日を重ねるごとに値がつり上がった。

ところがまもなく、江戸に出回っている懐空の仏像は、贋作《がんさく》ではないかと言う者が現れた。

贋作ならば、世を惑《まど》わす不埒《ふらち》な所業、実際に訴え出る者も出てきて、奉行所も黙って見過ごすことが出来なくなった。

そこで、峰吉が手札を貰っていた八丁堀の同心、岩井彦次郎がその探索の任を負わされたのである。

彦次郎は峰吉に、府内の仏師や木寄師たちを徹底的に洗わせた。

木寄師とは、仏師が必要とする材料の木材を仏師の注文通りに断ち切る役目を担っている者のことで、材料も白檀《びやくだん》や檜《ひのき》、杉、楠《くすのき》、樫《かし》など様々あるわけだから、なかなか重要な役目の職人である。

そういったところまで彦次郎は細かく手を伸ばして調べたが、府内で贋作を彫ったと思われる人物はつかめなかった。

『尚古堂《しようこ》』なる骨董屋から流れてきているということだけはわかったが、尚古堂の主宗《そう》兵衛《べえ》は、自分は確かな目利きの仲介人から買い付けていて、贋作などとは思ってもいない、証拠でもあるのかと開き直った。開き直られてみると、懐空はすでに死んでいることでもあり、贋作を証拠立てることは難しかった。

それから更に半年、岩井と峰吉は仲介人の『白蛾《はくが》』とかいう怪しげな仏師くずれ僧くずれの男をつき止めた。

そこまで話すと、峰吉は手元にある空になった盃を、息を詰めて聞いている辰吉の前に、突き出した。

辰吉はその盃になみなみと酒を注ぐ。

ぐいっと飲み干し、もう一度辰吉に酌《しゃく》をさせて、その酒も飲み干した峰吉は、辰吉の首を口元に引っ張って来て、押し殺した声で言った。

「ところがこれからという時に、岩井様は死んだ。殺されたのだ」

「本当ですか」

顔をくっつけたまま、辰吉は峰吉を見返した。

「誰にも言うんじゃねえぞ。表向きは病死ということになっているんだ」

辰吉が首ねっこをつかまえられたまま頷いて見返すと、峰吉は辰吉を突き放し、

「そこの、柳原《や》に呼び出されて斬られたのだ」

「岩井様は誰に殺られたんですか」

「決まってらあ、贋作の一件を調べられちゃ困る奴等だ。岩井の旦那はその時はなんとか

傷を負いながらも役宅にお帰りになったのだが、数日のうちに息を引き取られた」

「許せねえ……」

辰吉もさすがに語気が荒くなった。

峰吉も悔しそうに酒を呷《あお》った。

「奴等はそれで事は終わったと思ったらしいが、俺は、十手を返した後も白蛾を追った。あの事件を解決しねえことには、岩井の旦那の仏前に手をあわせられねえと思ってな」

さすがの峰吉もしんみりと言った。

だが、もう一度顔を上げた時には、鬼のように目をぎらぎらさせていた。

「そしてこの春、ようやく贋作を作っていた張本人と思われる男をつき止めたんだ」

「親分」

「そうよ。もう察しがついているだろうが、与五郎だ、与五郎がその男だ」

「まさか」

「与五郎は仏師としては世間に名がしられてねえ。これといった師匠がいないからな。独学で身につけた仏師としては天才といえるのだろうが、これまで網にかからなかったのはそのためだ」

「……」

「どうだい、驚いたかい」

「へい。つくづく感心致しておりやす。岡っ引の鑑ですよ」

「いや、すんでのところで逃げられたのだ」

「じゃあ、やっぱりあの亡骸《なきがら》は……」

「奴じゃねえ、俺はそう踏んでるぜ」

仁王のような目で峰吉は見た。


峰吉の動きは、腹を空かせた野獣が獲物を探すような、そんな表現がぴったりだった。

神田の佐久間《さくま》町の裏店に住んでいるが、平右ェ門《へいえもん》町や茅《かや》町の盛り場を荒らすならず者たちの侵入をふせぐために、両町内の料理屋などから見回りを任されていて、夜はたいがい両町内を見回っている。

だが昼間は、陽が昇ると長屋を出て、とにかく府内のどこにでも足を運んで、些細《ささい》なことでも徹底的に調べ上げるという日々を送っていた。

岩井彦次郎に手札を貰っていた時には、馬喰町で女に飲み屋をやらせていて、そこを根城にしていたが、どうやらその女にも愛想をつかされたようで、今や彦次郎がやり残した仕事を完結させることだけが生き甲斐《がい》のようだった。

峰吉から聞いた話や、そういった仔細については、辰吉は平七郎に逐一報告していた。

——峰吉は、与五郎が生きていると信じている。

峰吉の行動は、単なる執念だけで動いているとは思えなかった。

長い月日をかけて贋作事件にかかわってきた、岡っ引としての勘働きがあるのだと平七郎も考えた。

しかし、もしも与五郎が生きているのだとすれば、なぜおらくに連絡をしてこないかという疑問が残る。

少なくとも与五郎は、おらくを心から愛《いと》しいと思っていた筈だ。

平七郎たちが与五郎を紹介されたあの時点では、与五郎は本気でおらくと所帯を持つつもりだった筈だ。

その与五郎が生きていて、おらくに故意に連絡してこないのだとすれば、やはり平七郎などには窺い知れない事情を抱えているということだろう。

——しかし、どんな事情を抱えているにしてもだ。

おらくの落胆と失望を目《ま》の当たりにしている平七郎には、理由はどうあれ、与五郎が生きているのなら、つかまえて張り手の一つも見舞いたい気持ちだった。

それほどおらくは憔悴《しょうすい》していた。

もみじの店は母親のおいしが一人で頑張っていたが、おらくは食事も喉を通らず二階で伏せってばかりいる。

おこうの話によれば、外出するのは陽が落ちてから、お百度参りに両国稲荷に行くだけのようである。

平七郎も今日はもみじに立ち寄っておらくに会ったが、頬はそげ落ちて見る影もない有様だった。

おこうは見るに見兼ねて、夕刻だけおらくに代わっておいしを手伝っているということだった。

ちょうどおらくの様子を見るために立ち寄った左馬助と腰を上げたのは、店が混み始める七ツ半くらいだろうか。

表に、辰吉の使いの者だという十歳ほどの少年が訪ねて来た。

「ここにおこうさんという人はいますか」

少年はそう言うと、手に握ってきた走り書きを渡したのである。

「平七郎様……」

おこうは素早く読んで、その走り書きを平七郎の手に渡した。

走り書きには『与五郎らしき男実見、急ぎ応援頼む』と書かれていた。

場所は富沢《とみざわ》町の飯屋『たぬき』とある。

「よし」

二人は俄《にわか》に緊張に包まれた。

「帰り道だ。たぬきの店は俺も知ってる。一緒に行こう」

左馬助も道場では見せない勇んだ声を上げた。

もみじの店から富沢町までは、さほどの距離ではない。

与五郎が飯屋に入って、一杯飲んで飯を掻き込む間に十分たどり着ける距離である。

二人は小走りして富沢町の飯屋に急いだ。

飯屋は、富沢町の浜町堀に面した大通りから、一筋西に入った場所で、横丁に入る手前で辰吉は張っていた。

「これは平七郎の旦那……」

辰吉は、ちらと店の前に顔を振った。

飯屋の差し向かいの物陰に峰吉の姿が見えた。

「あっしは与五郎なる人物の顔は知っちゃあおりやせんが、峰吉が若い町人を追っかけてここまで来たんです。店の中にいる男は、おそらく与五郎じゃないかと思ったものですから……」

「しっ」

左馬助が、辰吉の言葉を制した時、店の暖簾を割って、深く頬かぶりをした町人が現れた。

だがその町人は、峰吉が物陰から姿を現したのを見ると、西に向かって駆け出した。

「待ちやがれ！」

峰吉が叫びながら追っかける。

「いかん……」

平七郎も駆け出した。

左馬助も辰吉も同時に駆け出していた。

先を走る頬かぶりの男と、その後ろを追う峰吉が、富沢町から隣町の長谷川《はせがわ》町に入り、町内にある三光稲荷に駆け込んだ時、

「ぎゃっ」

悲鳴が上がった。

三人が稲荷に駆け込むと、一人の浪人が刀を鞘《さや》におさめるところだった。

頬かぶりの町人の姿はすでに無く、浪人の前では峰吉が左足を押さえてもがいていた。

「斬られたか」

平七郎が峰吉の前に走り込むと、

「斬ってはおらぬ。骨は折れているだろうが、ひと月もすれば治る」

浪人者は穏やかな声で言った。

「何故この者を襲った」

「無礼を働いたからだ。町方に咎《とが》められることもなかろう」

「た、立花の旦那、そ、そのご浪人は与五郎を逃がしたんだ。与五郎を匿《かくま》っているに違《ちげ》えねえ」

苦痛に喘《あえ》ぎながら峰吉が言った。

「何……」

平七郎が浪人を見返した時、浪人は大きく足を開いて左手で鯉口をきり、右手で柄をつかんでいた。

その時である。

「待て、待て待て」

駆け込んで来た左馬助が、大声を上げた。

「土屋《つちや》ではないか……土屋圭之助《けいのすけ》ではないか」

左馬助は、浪人に親しげに歩み寄った。

浪人者の顔にも驚きがはしった。

「貴様、町方と通じていたのか」

「何を言っている。いったい、お前はここで何をしているのだ」

「左馬助、この御仁を知っているのか」

平七郎はことの成りゆきに面食らっていた。

「さきほどの飯屋のたぬきで知り合った友だ」

「何……」

平七郎が、土屋という浪人を見返した時、

「問答無用」

土屋と呼ばれた浪人は、いきなり刀を抜いて平七郎に飛びかかって来た。

平七郎は、すばやく抜刀すると、その剣を撥ね上げた。

だが土屋は、平七郎に撥ね上げられた剣を、そのまま上段から一気に振り下ろして来た。

恐ろしい腕力だった。

平七郎は、飛びのいて中段に構えて立った。

土屋も体勢を整えて、右八双の構えで立つ。

「土屋、止めろ。話せばわかる。俺たちは与五郎を探しているが、与五郎の身柄を町方に引き渡そうというのではない。あくまで私情の上でのことだ」

左馬助がおろおろして声を荒らげた。

だが土屋は、冷笑を浮かべただけで、摺り足で少しずつ詰めて来る。

「ふむ……」

平七郎も、境内《けいだい》の湿った土を確かめるように間合いを詰めた。

土屋を誘うように、大胆にぐい、ぐいっと詰めていく。

あと一足間合いを詰めれば、相手の斬撃は自身の額に届く。

危険を承知で、その一足を踏み出そうとしたその時、思った通り、土屋が袈裟《けさ》掛けに振り下ろして来た。

平七郎は、踏み出すと見せた足を引くと同時に、土屋の剣を躱《かわ》し、不意をつかれて空を斬った土屋の顎《あご》がわずかに上方に傾いたとき、すかさずその胸元に飛び込んで土屋の首に剣先をぴたりとつけた。

「うっ」

土屋は刀を振り上げたまま硬直した。

「刀を捨てろ」

平七郎が、ぐいと剣先に力を入れる。

「くっ」

無念の声を発した土屋は、はらりと刀を落として、膝をついた。

「俺は町方同心には違いないが橋廻りだ。捕物が仕事ではない。悪いことは言わぬ。俺たちの話も聞いてくれ」

平七郎は刀をおさめると、静かに言った。

四

「探したぞ、与五郎」

平七郎は土間に入ると、畳の上に茣蓙《ござ》を敷き、そこで仏像を彫っていた与五郎に声をかけた。

「これは……」

与五郎は絶句して平七郎を見返すと、その視線を土屋圭之助に向けた。

「すまぬ。こういうことになったが、今事情を話す」

土屋は与五郎にそう言い置くと、

「そこではなんだ、上がってくれ」

振り返って、土間に立っている平七郎と左馬助に言った。

平七郎は、峰吉を医者のところに運ぶよう辰吉に言いつけて、左馬助と二人で土屋を説得し、与五郎に会わせてくれるよう頼んだのであった。土屋はとうとう二人の説得に負けた。

そして土屋は、二人を自分の長屋に案内したのであった。

道幅九尺の路地が通っている玄冶店《げんやだな》の間口二間の二階屋がそれだった。

「女房が二階で伏せっている。俺一人なら九尺二間の棟割長屋で十分なのだが、余命が幾《いく》許《ばく》もないのだ。それでここを借りた」

土屋は家の前で、二人にそう言ったのだった。

一階は二畳の土間と板の間の台所、それに六畳ほどの畳の部屋があり、二階に上る階段が見えていた。

察するところ与五郎は、一階を仕事場にして貰って仏像を彫っているようだった。

突然の平七郎たちの訪問に、怯《おび》えた顔で硬直した与五郎に、土屋は掻《か》い摘《つ》まんで、この二人はもみじの娘おらくの悲嘆を見兼ねて与五郎、お前の生死を確かめるべく探していたのだと言った。

「土屋殿にも伝えたのだが、峰吉という男がお前を探していることも知っている。だがな、俺たちはお前を咎人として探していたのではないぞ。俺はお前が人には言えぬ事情を抱えているらしいことは峰吉の筋から知ったが、しかし俺はお前を信じたい……おらくに見せて貰ったあの仏像を見て、俺はお前が根っからの悪党とは少しも考えていないのだ。すべて話してくれんか、おらくのためにもな、このままでいい筈がない」

平七郎はうなだれて聞いている与五郎に、静かに言った。

「与五郎、おらくはな、お前の無事を祈ってお百度を踏んでいるのだ。飯も喉を通らずに痩《や》せている。伏せっているのだ。そんな体でお前を信じて祈っているのだ」

左馬助が側から言った。

「おらくが……おらくが……すまねえ……」

与五郎は俯《うつむ》いたまま、肩を震わせた。

「立花殿、与五郎はせめておらくから借りた金を返したいと言ってな。実は仏像を見に行った日に懐に入れていたんだそうだ。ところが立花殿たちに会った。機を失ってそのまま引きあげたんだが、その晩にあの火事だ。そこで改めて出かけて行ったらあの岡っ引に見つかったのだ。俺が迎えに行かなかったら、今頃はしょっ引かれていたに違いない、無理やり罪を着せられてな。言っておくが与五郎は、言葉巧みに悪い奴等に利用されていただけなのだ。火事にあった時、与五郎は奴等から逃げられるいい機会だと思ったのだ」

　土屋は、庇《かば》うように言った。

「どういうことだ。順を追って話してくれ」

　平七郎は、与五郎の横顔に聞いた。

「……」

「与五郎」

「へい」

　与五郎は小さく頷くと、鑿《のみ》を一か所にきちんと片づけ、膝の埃をしずかに払って膝を平七郎の方に回して座り直した。

「おらくさんから聞いていると存じますが、あっしは飛騨の山奥の生まれです。親父は炭焼きをしていました。口に入れる物は焼き畑をして作った雑穀や芋《いも》ばかりで、白い御飯を口にしたのは、この江戸に連れてこられてからでございやす。兄が二人いましたが、上の兄はあっしが十歳の頃に家を出て、以後行方知れずでございやす。下の兄は親父が亡くなった後を継いで炭を焼いておりやす。あっしは子供の頃からそんな生活が嫌でした。他に仕事はないかと、村にあった小さな寺の坊さんに尋ねに行ったのです。その寺で観音様に出会いました。何かに打たれたような心地がして、あっしは仏様を彫る仕事をしたいと思うようになったのです」

与五郎は、一つ一つ思い出してそこまで話すと、哀しそうな笑みを浮かべた。そして過去の重苦しさに耐えかねるように太い溜め息をついて、話を継いだ。

観音様の仏像に魅せられた少年の与五郎は、兄が炭を焼く傍《かたわ》らで、炭にする木の片割れを兄に貰って、見よう見まねで仏像を彫った。

十七歳になった時、与五郎は飛驒の山中で阿弥陀仏を彫っていた懐空の庵を訪ねた。

懐空は弟子は取らぬと言いながらも、与五郎に彫った仏像を見ることは許してくれた。

懐空の仏像を見た与五郎は、衝撃を受けた。

木彫りの、まだその肌も木の香りがしているのに、その仏像には魂が入っているように見えた。

滑らかな肌も頰の膨らみも、うっすらと開いている眼も閉じている眼も、そして印を結んだ優美な手の表情にも、慈悲の光が窺えた。

拝み見るだけで心が安らかになるのがわかった。

――こんな仏像を彫れるようになれば……。

与五郎は懐空の仏像に魅せられて、それから幾度も訪ねては、懐空が仏像を彫る手元を熱心に見詰めた。

懐空が死んだと噂を聞いた時、山中の庵に走って行ったが、すでにそこには庵も仏像も何も残っていなかった。

もともと懐空は、仏像は金儲けのために彫っていたのではない。

彫ることで浄土に近づきたかったのだろうと与五郎は思っている。

だから懐空は仏像を彫ると、片っ端から世話になった人々に渡し、後ろ盾になってくれた寺におさめていたのである。

夢のような懐空との交わりは数年で終わりを告げたが、気がつくと与五郎は二十三歳になっていた。

それから三年は、懐空の彫りを思い起こして仏像を彫った。

——金さえあれば江戸に出て、人も認める仏師の道を歩むことが出来るのに……。

与五郎が大望を抱きながらも現実の厳しさに悶々《もんもん》としていた頃、白蛾と名乗る坊さんくずれの仏師だという男が与五郎を訪ねて来た。

白蛾は与五郎が彫った仏像を見せてくれと言った。

与五郎は数点の仏像を選んで白蛾に見せた。

すると白蛾は、目を輝かせて言ったのである。

「私を信じて江戸に出て修業をしないか。お前ならきっと立派な仏師になれる」

与五郎は、一も二もなく返事をした。

夢かと思うほどの喜びだった。

母と兄を説得し、即日山を下り、白蛾に連れられて江戸に出て来た。それが、二年半前のことである。

与五郎はそこまで話すと、急に顔を曇らせた。

哀しげな眼を平七郎に向けると、

「あっしはすぐに、見知らぬ家に閉じ込められました。そしてどこから手に入れて来たものか懐空様の仏像二体……一つは阿弥陀様で、そしてもう一つは観音様でしたが、それをあっしに見せて、これとまったく同じ物を彫るように言いつけたのです」

「……」

「あっしは白蛾が、私の仏師としての腕を見るために言いつけたのだと最初の一体を彫る時には考えました。ですが、彫った物を改めて見た白蛾が、『わしの目に狂いはなかった。これなら懐空作と言っても人は疑わぬ』とあっしの腕を認めた後、同じ物を幾体も彫るようにと言った時、私は初めて自分が修業のために江戸に連れてこられたのではないということを知ったのです」

与五郎は、贋作作りに荷担しているのではないかという不安に駆られながらも、一方で、あの伝説的な名人と言われる人に、自分がどれほど近づいているのかという誘惑に勝てなかったのである。

だがもともと仏の道を信じるような与五郎である。

自分がやっていることが、悪か善かを考えると、罪の意識は思いがけず重く、与五郎は日を追って苦しむようになった。

やがて、自分を町方が探索していると知った時、与五郎は白蛾にこれ以上の仏像の贋作作りは嫌だと断った。

「だが白蛾は、白蛾という男は、飛騨のおふくろさんと兄さんが心配じゃないのかと、そう言ったのです」

「何……脅されたと言うのか」

左馬助が大きな声を出した。

「へい。白蛾は底光りのする冷たい眼で言いました。あっしは、言うことを聞かなかったら、おふくろも兄も殺されるに違いないと思ったのです」

「卑怯な奴め」

「白蛾はまた、こんなことも言いました。お前、白い飯は美味《うま》いだろう。お前が私のいう通りの仕事をしてくれたら、飛騨の家に米を届けてやろうじゃないかと……」

「ますます気に食わん」

　左馬助が怒ってあぐらをかいた。

「お役人の手がいよいよあっしの居所近くを調べはじめた時、白蛾はあっしの居場所を変えました。それが火事にあったあの長屋です。最初に閉じ込められたところは、川のほとりで橋が窓から見えていましたが、一歩も外に出ておりませんので、江戸のどのあたりだったか知りませんでした。ですが二度目の住家は、白蛾もあっしがもう逃げたりしねえと踏んだのでしょう。寺に仏像を見に行くぐらいのことは許してくれました」

「ではあの長屋で、ずっと贋作を作っていたのか」

「いいえ。あの長屋に移る前に、あっしを探していたお役人が殺されまして……」

「与五郎、その話は誰から聞いたのだ」

「白蛾です」

「白蛾……」

「あっしは白蛾が誰かに頼んでお役人を殺させたのではないかと思ったのですが、恐ろしくて聞いてはおりません。そのことがあったからだと思いますが、しばらくは仕事はしなくていい、その時期が来るまで寺参りでもして修行に励めと言われていたのです」

「そうか、で、その白蛾という男だが、どこにいる。どうすれば会える」

平七郎は、厳しい眼で与五郎を見た。

だが与五郎は戸惑いを顔に浮かべて、

「白蛾は、恐らく、あの長屋で死んだものと……」

「どういうことだ」

「へい。実はまた最近、仏像を彫れと言ってきていたのです。あの日もあっしの長屋であっしの帰りを待っているはずでした。あっしは飲み屋を梯子《はしご》して、夜遅くになって家路につきました。なるべくあの男には会いたくない、その一心だったのです。そして長屋が火事だと知りまして、いったん土屋様の家に避難しました。朝になってあっしの黒焦げの死体が出たと聞き、それで白蛾は死んだのだと知りました。しかし、あっしが死んだことになっています。死体は白蛾という者ですとお役人に申し上げれば、どんな関係なのか問われるでしょう。贋作の話も言わなくちゃならねえ。困って土屋の旦那になにもかもぶちまけて相談したところ、いっそ白蛾を身代わりにして与五郎は死んだことにして生まれ変わればいいのだと、その間は匿《かくま》うから、かねてから頼んでいる仏像を彫ってくれと、そう言って下すって」

「仏像を……」

平七郎は、土屋を見た。

土屋は静かに口を開いた。

「与五郎とは妻の病気の快癒を願うために願掛けに行った寺で会ったのだ。熱心に祈る俺の様子がよほど気になったのか、与五郎が話しかけてくれてな。その時俺は、与五郎が仏像を彫っていることを知ったのだ。家に戻って妻にその話をしたら、私のために彫っていただけないでしょうか、浄土に導いて下さる仏様を彫っていただけないでしょうかと、そう言ったのだ。妻は自分の余命を知っている。病と闘いながら死への不安や恐怖に襲われていたのだ。あの法然上人《ほうねんしょうにん》様も臨終の時、阿弥陀如来像を側に安置させたと聞いていると妻は言い……阿弥陀様がこの手にあれば、私も苦しまずに極楽浄土に迎えて頂くことが出来ると……妻は泣いた……私も、泣いた」

土屋は胸迫る思いを懸命に制しているように、いったん言葉を切って唇を噛んだ。

「そんな時与五郎とまた出会ったのだ。私は仏の導きかと思った程だ。事情を話すと与五郎は、私でよければと快く引き受けてくれたのだ。それも今は金がないと正直に告げると、金はいらぬとそう言った。俺が与五郎を守るのはそういう事情からだ。与五郎は妻にとって仏に導いてくれる一筋の灯明なのだ。今もこの先も、与五郎に指一本触れさせはせぬ」

土屋はこれ以上は一歩も引かぬ覚悟をのぞかせた。

その時である。

二階で鈴が鳴った。

すると与五郎が彫りかけの仏像を持って、階段をひとつひとつ踏み締めるようにして上って行った。

「妻が呼んだのだ。仏様がどこまで彫れているのか確かめるのだ」

なんなら覗いてみろというように、土屋は階段の方をこなした。

平七郎は静かに立った。

土屋の後に従って静かに階段を上った。

階段の上は畳半分ほどの踊り場となっていて、襖《ふすま》を開けると階下と同じほどの広さの部屋があり、そこに土屋の妻女が横になっていた。

平七郎は踊り場に座って中に入るのは遠慮したが、部屋の中では与五郎が差し出した彫りかけの仏像を、細い白い手を伸ばして撫でている妻女が見えた。

一見した限り、やつれは酷く、これが土屋の妻女かと思われるほど年老いて見えた。

妻女は土屋が部屋に入っていくと、

「あなた……」

嬉しそうに土屋を見た。

やつれてはいるが彫りかけの仏像をまさぐる妻女の姿は不思議な安らぎに包まれていた。

死を待つ妻が心待ちしている仏像を彫らせる土屋の気持ちが、こちらから垣間《かいま》見る平七郎にも、重く伝わって来た。

平七郎はいたたまれなくなって静かに階下に下りたのである。


久松町の左馬助の道場では、少年剣士四、五人が声を上げて床を踏み、打ち込む練習をしているのが、小さな中庭を隔てた座敷まで聞こえていた。

左馬助の野太い声が、時折注意を与えている。

平七郎はそれらを遠くでとらえながら、ひと通り話を終えると、妙《たえ》が出してくれた茶を啜《すす》った。妙は以前平七郎がかかわった事件の娘だが、今は左馬助の道場に住んでいる。

「まっ、そういうことだ。おこうにだけは知らせておこうと思ってな、それで来てもらったのだ」

憮然として座っているおこうに言った。茶はすっかり冷めてはいたが、喉を潤すのにはちょうど良かった。

おこうは、平七郎の話に相槌《あいづち》は打たなかった。きらりと厳しい目を平七郎の側にいる与五郎に向けた。

「あなたは、与五郎さんはそれで良いかもしれませんが、おらくさんはどうなるんです？　与五郎さんを信じて微塵《みじん》も疑うことなく、あなたの無事を祈っているおらくさんの気持ちは、どうしてくれるんですか」

おこうはいつになく激しい物言いをした。

「おこうさん、この通りです。土屋様のお内儀にお渡しする阿弥陀様を彫り終えましたら、奉行所に自訴するつもりでございます」

与五郎はおこうの前に手をついた。

「どうあっても、あなたはあの火事で死んだ、そう世間に思わせておくというのですね」

「へい……しばらくの間はそのつもりです。むろん自訴した時には、奉行所には、長屋で死んだのは白蛾だと……あの日、あっしの帰りを待って酒を飲んでいたのは白蛾だったのだと申し上げるつもりです。白蛾は近頃では、いっときも酒を手放せず持ち歩く程でしたから、泥酔して逃げ遅れて焼け死んだのだと正直に申し上げるつもりです」

「でも、それではあの峰吉さんが納得するでしょうか。辰吉の話では歩くことは出来ないようですが、いずれ昔の馴染《なじ》みを頼って、白蛾はあなたが殺したのだと訴えるのではありませんか」

「ですから、ですからそういう騒動の中に、おらくさんを巻き込みたくないんです。今おらくさんにあっしは生きているのだと言ったとしても、その後お縄になったんじゃあ、おらくさんはあっしから裏切られたと思いますでしょう」

「……」

「時間が経てば、おらくさんはあっしのことなど忘れてくれます。あっしは、おらくさんに相応しい男と幸せになってほしいのでございます」

　ふっとおこうは顔を背けて苦い顔になった。聞きたくない男の勝手をつきつけられている、そんな顔だった。

「初めからそういうつもりだったのですね、そうですね。いっときの寂しさを紛らわすために、おらくさんを利用したんですね」

　激しく言った。

「いえ、あっしは真剣でした」

「嘘です」

　おこうは、すかさず否定した。

「おこう、お前は何を言うのだ。おこうらしくもないぞ」

　おこうのあまりのにべもない断定に、平七郎は口を挟んだ。だがおこうは、

「今だからどうとでも言えるのでしょ。私、誰かから聞いたことがあります。男の人の恋心は肌を合わせるまでのこと。それが遂げられればその女とは終わりなんだと。でもね与五郎さん、女は違うんですよ。女の本当の恋心は、男の人に心を寄せたその時から生まれるのです」

「……」

「所帯を持とうなどと喜ばせておいて、おらくさんの恋心が舞い上がったところで、その糸を一方的に切るなんて、それじゃあおらくさんは墜落するしかないではありませんか。墜落した時の傷は深く、新しい人が出来ればそれで癒《いや》されるというものではありませんよ。それなのにあなたは……こんなことなら最初から、おらくさんに近づかないで欲しかったのに……」

「申しわけねえ……おらくさんは、あっしが仏像以外に心を惹かれたたった一人の人でした。見知らぬ場所で監禁されて仏像を彫らされていた時に、唯一、あっしを支えてくれた人だったんです」

与五郎は寂しげな笑みを浮かべた。

「何を話しても信じてもらえねえとは存じますが……」

与五郎はそう前置きすると、長い間監禁されていたその場所は、五、六間ほどの川幅の岸辺にあり、窓から橋が眺められたのだと言い、話を継いだ。

そこで与五郎は、賄《まかな》い婦の婆さんに、ずっと身の回りの世話をして貰っていた。

名前はおきんと言った。

だがおきんは、食事を作って出してくれたり、洗濯をしてくれたりしたが、決して言葉を交わさなかった。

白蛾から言いつけられていたとみえ、ここは何処だと聞いた折にも、哀しげな目を向けるだけで答えようとはしなかった。

与五郎は、仕事の様子を見るためにやって来る白蛾と口を交わす他は、監禁されている間、誰ともしゃべらなかったのである。

そんな与五郎が唯一癒されたのは、窓の外から聞こえてくる音と、障子の隙間から覗く橋の上を往来する人々の姿だった。

橋は結構な人の往来があった。

ぼんやりと橋を眺めて故郷の母や兄の無事を考えていたある日の夕刻、与五郎は前日見かけた美しい娘が、風呂敷を抱えて橋を渡って行くのを見た。

与五郎がいる川岸の仕舞屋《しもた》は、橋から三軒目だった。

娘の顔の表情までは読めないまでも、その輪郭の美しさや目鼻立ちはよくわかった。

娘は昨日の夕刻と同じ紫の風呂敷包みを抱えていた。

――あの娘は、ひょっとして、毎日あの橋を渡るのだろうか。

与五郎の心はときめいた。

翌日は終日、与五郎は仕事をさぼって窓辺で娘が橋を渡るのを待っていた。

すると娘は、夕七ッ頃に風呂敷を抱えて橋の右から左に渡り、半刻ほどすると、今度は左から右に渡って行くことがわかった。

――そうか、あの娘は毎日、何かをどこかに運んでいるのだ。

何を運んでいるのかはわからないが、与五郎はそう確信したのである。

次の日も、その次の日も、娘は夕刻になると橋に姿を見せた。

それからの与五郎は、何かに憑《つ》かれたように、その時刻になると窓辺に座った。

一寸ほどの障子の隙間が、与五郎を支える唯一の世界となった。娘の姿を見る程に眺めるほどに、与五郎の胸は熱く燃え上がった。

後れ毛を押さえながら急ぎ足で渡る娘の姿、下駄の音も軽やかに渡って行くひき締まった娘の足首、日傘を持った白い腕……それはまるで、天女を見ているような思いだったのである。

昨年の冬のこと、娘の姿が三日も橋に見えない時には、与五郎は仕事も手につかずに、膝を抱えて暮れなずむ橋を見続けていた。

年が明けて雪がうっすらと積もった日のことは、今でも鮮明に覚えている。

娘が橋の上で立ち止まったのである。

娘は下駄の歯に雪が挟まって歩けなくなったようで、与五郎が見ている側の欄干に歩み寄ってしゃがみ込むと、下駄を脱ぎ頭からかんざしを引き抜いて下駄の歯の雪を除けた。

懸命なそのしぐさの、なやましさといったらなかった。

娘はまもなく立ち上がって、履いた下駄をとんとんと橋の床に叩きつけた。その、橋を踏み締める娘の様子は、与五郎の胸にしっかりと焼きついたのだった。

やがて、町方の詮索から逃れるために平永町に住まいを移された時には、与五郎はもう二度とその娘には会えないと思ったものである。

しかし、与五郎は浅草寺の境内で再び娘と再会したのであった。

与五郎は娘の後を尾けた。

そして娘が、もみじのおらくだと知ったのである。

「それからは白蛾の目を盗んでもみじに通いました……運よく親しくなって二世《にせ》を誓いあいましたが、あっしはけっしておらくさんを騙そうなどと考えたことはございません。ただ……これは夢なのだと、夢を見ているのだと思っていたところがございます。おらくさんは、あっしの夢の中の女だったんでございます……」

与五郎はまだその夢の中にいるような眼をさまよわせていた。

おこうは黙って見詰めていた。やがてその双眸には熱い涙が膨れ上がった。

どう足掻《あが》いても現実を直視しなければならない、おらくと与五郎のこの先を哀しんでいるように見えた。

——このままでいい筈がない。

平七郎は憤然として立ち上がっていた。

五

「平さん、ここですね。与五郎はこの橋を見ていたのですよ」

秀太は、平七郎から与五郎の監禁の話を聞くと、すぐさま神田堀にかかる今川橋《いまがわ》に連れて来た。

「川幅五、六間……で、平さんがその後与五郎に聞いた話では、橋の両側の袂に陶器や瓶《かめ》が見えたということですから、ここしかありませんね」

なるほど、橋の周囲を見渡してみると秀太の言う通りだった。

おらくの母おいしの話によれば、神田鍛冶町《かじ》にいる死んだ夫の母親が病で伏せっていたために、当時おらくはおいしの使いで、食事を運んでいたというから、おらくが今川橋を渡っていたことは確かである。

「夢の女がおらくですか。するとさしずめこの橋は、夢の橋というところですね」

秀太はしみじみと言い、

「橋から三軒目というとあの家ですよ」

川岸に建つ一軒の仕舞屋を差した。

障子窓が堀側に確かにある。

「よし、行ってみよう」

平七郎と秀太は、今川橋の北袂から西に三軒目のその家におとないを入れた。

「どなたでしょうか」

しばらくして出て来た老婆は、同心二人が立っているのを見て驚愕した。

「おきんさんだね」

おきんは、生唾《なまつば》を飲み込んで頷いた。

「おきん婆さんは白蛾という人を知っているね」

おきんは、釣られるようにこくんと頷いた。

「与五郎も知っているね」

おきんは、頷く。

「そうか。婆さん、俺たちは婆さんをどうこうしようと思っているのではないぞ。その代わり、婆さんが見てきたことを、なんでも、正直に話してくれぬか。悪いようにはせぬ」

平七郎は与五郎から聞いた話を、ゆっくりとおきんに説明したのである。

するとおきんは、

「与五郎さんの言ったことに間違いありません」

と、与五郎が監禁され脅されて、仏像を彫っていたことを認めたのであった。

「あたしは尚古堂さんに義理があったものですから、与五郎さんをここに匿うのを断れなかったのでございます」

おきんは怯えた眼を向けた。

「すると、与五郎が彫った仏像は、尚古堂に運んでいたのか」

「はい……尚古堂さんはもともとは京大坂で、同じ様に贋作を売買して財をなし、江戸に進出してきたお店です。白蛾という人は破戒僧で、追っ手を逃れて尚古堂を隠れ蓑《みの》にしてきた人です。そうそう、そう言えばあの日も、その火事があった日の夕刻のことですが、白蛾はどこにいるのだとえらい剣幕でここに怒鳴りこんできた女の人がいます。教えてくれなければ奉行所に訴えるのなんのと騒ぐものですから、与五郎さんの所に行ったのだと教えてやったのですが」

「何、何という女子《おなご》だ」

「お加代《かよ》さんという人です。大坂から白蛾について来た女の人です」

「住まいは……」

「普段は日本橋近くで絵草子の店を出しているときいています。店といっても出店のようですが」

「平さん、そういえば日本橋に見回りに行った時、私は見たような気がしますよ。確か室《むろ》町《まち》一丁目の路上だったと思いますが、小股の切れ上がったいろっぽい女が店を出していたのを見たことがあります。覚えていませんか」

「いや知らんな」

「会えばわかりますよ。ちょっと目につく女でしたからね」

秀太はここが出番だといわんばかりに、懐から帳面を取り出した。

「お前は、そんなことまで記帳しているのか」

「まあね、気になることはなんでも。ちょっと待って下さい」

急いで帳面をめくる。

「いいから、行けばわかる」

平七郎が秀太を制して、

「それじゃあな、婆さん、すまなかったね」

踵を返そうとするその腕を、おきんがつかんでいた。

「あの、本当に白蛾さんは死んだのでしょうね」

おきんは不安げな顔を向けた。

「多分な。婆さん恐れることはないぞ。万が一その身に不安を感じた時には、通油町《とおりあぶら》に一文字屋という読売屋がある。そこに行けばいつでも匿ってくれる筈だ。いいね」

手を握って手の甲をぽんぽんと叩いてやった。

骨ばかりのひんやりとした老婆の手が、平七郎の手に縋《すが》っていた。

——こんな老婆まで引きずり込んで……。

平七郎はすべての黒幕と思える尚古堂に怒りを覚えた。

「それでも不安なら、八丁堀の私の家を訪ねてきなさい」

「ありがとうございます。あたしもこの年になって、もうあんなことに手を貸すのは嫌でございますからね、いっそお奉行所におそれながらと申し上げようかと悩んでおりました」

おきんは、にっと笑って見せた。

絵草子屋のお加代を捜し出すのは、さして時間はかからなかった。

絵草子をお加代に卸していた『大和屋《やまと》』から、住まいは大伝馬町《おおでんま》一丁目の裏店とわかった。

問題の骨董屋の『尚古堂』は十軒店にあるから、お加代は尚古堂ともおきん婆さんの家とも、比較的近い場所に住んでいることになる。

ただ、路上で店を出しているお加代の商い仲間は、お加代はもう半月近く店を出していないのだと言った。

一抹の不安を抱いてお加代の裏店を訪ねた平七郎と秀太は、暗い長屋で伏せっている女を見て暗然とした。

お加代の顔には、生気というものがひとつも無かったからである。

「お加代だな」

上がり框から声をかけると、お加代は顔を回して、こくりと頷いた。

「具合が悪いのか」

「ええ……」

「医者には診《み》せたのか」

「旦那、あたしはお迎えが来るのを待っているんですよ。もう医者に診せたところで同じなんですから」

お加代は苦笑した。だがすぐに真顔になって、

「白蛾のことで来たんだね。手間が省けてよかったよ」

投げやりな言い方をした。

「病んでいるお前に話を聞くのも辛《つら》いのだが、与五郎という男の一生がかかっているのだ。手短でいい、お前の知っていることを話してくれぬか」

「手間が省けたと言ったでしょ。白蛾を殺したのはあたしですよ」

お加代はいきなり言った。

「あたしはね旦那、白蛾の甘い言葉に乗せられて、夫も子供も捨ててこの江戸についてきた馬鹿な女なのさ……そしてあたしは捨てられた……その馬鹿な女が、余命を医者から知らされた時、あいつを殺さずに死ねるかと思ったんだ……」

お加代は復讐するために、あの日与五郎の長屋に赴《おもむ》いた。与五郎が居れば引き返すつもりだったが、案の定与五郎は居ず、白蛾が一人で酒を飲んでいた。

お加代は白蛾に持参した酒を飲ませた。酒には自身が病の痛みを取るために、医者から

貰った眠り薬を入れていた。

白蛾が眠りに落ちると、お加代はしごきの帯で白蛾の首を締めた。

何度も締めたが、もしも生き返ったらという恐怖に取りつかれて、行灯《あんどん》を倒して表に走り出たのであった。

やがて半鐘が鳴り、焼け出された人々が逃げ惑う姿を見たお加代は、ようやくそこで自分の行為の重大さに気づいたのであった。

「何度もね、自訴するか自害するか考えてるうちに寝ついてしまって……旦那、あたしの死に土産、持っていって下さいな」

お加代は枕の下から、巻紙を出した。

「これは？」

「あいつの悪事の記録だよ」

「何……」

慌てて巻紙を広げて見る。

巻紙には、尚古堂との贋作の取引についての約束ごとや、その数、それに尚古堂に頼まれて、同心岩井彦次郎を呼び出して抜き打ちに斬りつけたこともしたためてあった。

「お加代……」

驚愕して見た平七郎に、お加代は言った。

「あいつは用心深い男だったからね。いざという時に尚古堂に切り捨てられないようにと悪事の仔細を書き残していたんですよ。与五郎さんを助けるために使ってやって下さいな」

お加代はそう言うと目をつむった。

つむったままで手を振った。

「平さん……」

秀太が悲しげな顔でお加代の顔を覗き込んだ。


「秀太、行くぞ」

その夜、軒行灯に照らされていた大通りに人の影が絶えた頃、平七郎は秀太を連れて役宅を出た。

海賊橋《かいぞく》から本材木町《ほんざいもく》に出て北に向かい、江戸橋の手前を西にとった。

真っ直ぐ日本橋まで出て、橋を渡り、十軒店の尚古堂に向かう。

平七郎の懐には、尚古堂と白蛾の悪事を書き連ねた証拠の巻紙が忍ばせてある。

平七郎は尚古堂に一気に踏み込み、証拠の品を押収するべく、あれからすぐに一色弥一郎に連絡していた。

もちろん一色には、贋作事件は峰吉の苦労が報われての決着であることも伝えてあるし、与五郎は脅迫されて荷担させられただけで罪は問わないという一札もとってある。

今夜の捕物を終えれば、複雑な事件はようやく解決するのである。

「平七郎様、明日はおらくさんに与五郎さんのこと、知らせてあげてもいいのですね」

役宅を出る前に訪ねてきたおこうに、あらましを伝えるとおこうは晴れ晴れとした顔で言った。

「うむ」

「今度こそ、夢の中の女などではない、正真正銘のおらくさんを、ちゃんと受け止めて貰えるのですね」

おこうは自分のことのように嬉しそうな顔をした。

おこうにそう言われた時、

——夢の橋に見た夢の女か……。

平七郎は、薄霧の立つ今川橋で、胸を抱いて与五郎を待つおらくの姿を一瞬見たような錯覚を覚えていた。

第四話　泣き虫密使

一

高輪《たかなわ》の大木戸は、東海道筋にある江戸への出入り口である。

宝永《ほうえい》七年（一七一〇）に幕府はここに石垣を築いて高札場をつくり、以来ここは旅に出る人戻る人の出迎えの場となった。

片側に海を望み、食膳の材料も新鮮で豊富なことから、茶屋や酒亭が立ち並び、いつも結構な賑《にぎ》わいをみせている。

平七郎は、大木戸の見える茶屋の腰掛けで、先程から様々な人の出会いと別れを眺めながら、供に連れてきた下男の又平と一杯やっていた。

「又平、遠慮はいらぬぞ。母上から十分に小遣いは貰ってきているのだ、存分に飲め。ただし、その水を誤ってひっくり返すほど飲んでは困るが……」

平七郎は又平の横に置いてある手提げの酒樽を顎で差した。

酒樽には品川の清水井で汲《く》んだ清水が入っている。

清水井は品川二丁目の横町を入った畑地の一角にある二つの井戸のことを言い、海の近くなのに美味しい清水が湧き出るというので有名になって久しく、平七郎はかねてより母の里絵に頼まれていたお茶事の水を、又平を連れて汲みに来たのであった。

橋廻りのお役目もこの月から非番である。

慌てて帰ることもなかった。

「やっ」

平七郎は小さな声を上げた。

店の前に、顔見知りの母と娘を見たからである。

平七郎が芝口《しばぐち》橋の管理を頼んでいる米問屋『日野屋《ひのや》』の内儀お豊《とよ》と娘のおさよだった。

二人はお伊勢《いせ》参りに行っていたらしく、揃いの菅笠《すげがさ》に杖《つえ》をつき、お伊勢参りと書いた白い木綿《もめん》の法被《はっぴ》を着ていた。

二人にはどうやら若い武家の同行者がいるらしかった。

若い武家は身なりは粗末だが、裁着袴《たつつけばかま》に網代《あじろ》笠姿で、笠の縁をついと上げてお豊とおさよを見た時に見えた目鼻立ちは、なかなかのものである。

特に目元の涼しげな武士だと思った。

だからかどうか、お豊もおさよも、若い武家に相当好意を抱いているらしく、一生懸命二人して何やら武家を説得している風であった。

「ふむ……」

平七郎は知らぬ振りをして耳を澄ませた。

二人の女は、近くに平七郎がいるなどと気もつかぬ様子で、

「そんなことをおっしゃらずに、是非是非、わたくしどもの家にご逗留下さいませ」

母親のお豊が言うと、娘も負けずに、

「せっかくお近づきになったのですもの。恭之介《きょうのすけ》様のお陰で、わたくしたちどんなに心強かったことか。一晩だけでも、ねえ、おっかさん」

今にも手をとりそうな誘いっぷりである。

——あの武家は恭之介というのか。やれやれ、あれじゃあ、ようやく巡り合った婿殿のようではないか。

平七郎は胸の中で、くすりと笑った。

だが武家は、さすがに困った顔をして、

「こちらこそ道中、楽しゅうござった。折角のお誘いは有り難く存じますが、ここでお別れしたいと存じます。いやなに、全ての用向きを済ませましたら、必ず立ち寄らせて頂きます。案内して頂きたいところもございますので」

やんわりと断った。

「きっとですよ、恭之介様」

「はい、きっと」

武家が頷くと、二人は名残惜《なごりお》しそうに別れを告げて、木戸の辺りで辻駕籠《つじかご》を拾って帰って行った。

「又平、帰るか」

「はい、そう致しましょう。里絵様が首を長くしてお待ちでしょうから」

「まったく、母上も何を言いつけるのやら」

平七郎は苦笑して立ち上がりながら、その眼は先程の武家の後ろ姿をなんとなく追っていた。

武家は平七郎たちが茶屋の表に出ると、隣の『道中屋』と看板のある笠や旅に必要な用品を売っている『丸田屋《まるた》』の軒先に立った。

草鞋《わらじ》でも履き替えるのかとちらと視線を走らせると、

「すまぬ、笠を貰いたい。悪いがこれは捨ててくれ」

武家はそう言うと、被っていた笠を脱いだ。

――まだ使えるのではないのか。

余計なことだがと思いながら、その笠に視線を移した時、

――あの笠はたしか……。

笠のてっぺんに張りつけてある四角い布に覚えがあった。それは、無地ではなく水玉の小紋の布地を使っていたからである。

今、目の前で見ている笠と同じ物を被っていた武家が、十日程前に芝の入間《いるま》川に架かる長さが四間ほどの芝橋の袂で斬り殺されているのを平七郎は実見していたのであった。

その武家は、黒羽織に裁着袴を穿《は》いていたが、壮絶な斬り合いをしたと見え、衣服は縦横に切られて、血に染まった肉がその切り口から見えていた。

結局その武家は、身元のわかるものは何も携帯しておらず、無縁仏で葬ったが、謎は謎のままで、事件は解決しないまま捨て置かれた形になっていた。

その、斬り殺されていた武家と同じ笠を、恭之介とかいう若い武家も被ってきたらしい。

平七郎は、辺りを見渡して、ぎょっとした。

平七郎たちが出て来た茶屋から二軒程品川よりの小間物屋の軒で、じっと恭之介を見張っている深編笠の武家がいるではないか。

当の恭之介は少しも気づいていないようで、店のものに新しい笠を貰ってそれを被り、にこにこしながら具合を確かめているのである。

「又平、先に帰ってくれ。俺は寄るところがある」

言いながら、さりげなく注意を払うと、海側の掛茶屋にも深編笠が一人、そしてもう一人、休憩している馬の側に積んだ荷物の陰にも深編笠はいた。

「ではお先に……」

又平が大木戸を抜けて帰って行くと、平七郎は丸田屋を出て府内に入る恭之介の後を追った。

元札《もとふだ》の辻《つじ》と呼ばれる昔切支丹五十名が火あぶりの刑を受けたという三叉路を過ぎた辺りから、弱々しいが陽はまだ天にあるのに、その陽の光を遮《さえぎ》るようにぱらぱらと雨が落ちてきた。

——日照り雨か。

天を仰いでいる間に、前を歩いていた恭之介が消えた。

消えた場所には左手に稲荷神社があった。

——しまった。

平七郎が神社に駆け入ると、恭之介はあの三人の深編笠に囲まれていた。

雑木の陰に身を潜めた平七郎の耳に、深編笠のくぐもった声が聞こえて来た。

「出せ、素直に出せば命は取らぬ」

深編笠の一人が恭之介の前に手を出した。

「知らぬ。密書など私は知らぬ」

　恭之介も低い声で言い返した。

「調べはついているのだ。お前か、あるいは黒田《くろだ》十三郎《じゅうざぶろう》か、いずれかが持って江戸に向かったとな。だが黒田は持ってはいなかった」

「……」

「黒田は死んだぞ。逆らったのでな、この手で斬り殺した」

「お前たちは……笠を取れ。私はまったくの私用でこの江戸に来たのだ。とんだ言いがかりだ」

「違うな……言ってわからぬようなら」

　深編笠の三人は、申し合わせたように刀を抜いた。

「止めろ……誤解だ」

　じりじりと後ろに下がりながら、叫ぶ恭之介。

「武士ならば抜け」

　深編笠の一人が、刀を下段に構えたまま、恭之介に言った。

「知らぬ。密書など知らぬ」

　両手をばたばたさせて、後ろに下がろうとした恭之介が何かに蹴躓《けつまず》いて尻餅をついた。

その時、一人の深編笠が恭之介に向かって跳躍した。

「ああ……っ」

恭之介が叫んだその時、平七郎の剣が深編笠のその剣を跳ね上げていた。

「何者だ……お前は町方ではないか」

深編笠はせせら笑って、

「町方などの出る幕ではない。これはわが藩内のこと、捨ておいて貰おうか」

「いずれの藩かは知らぬが無体ではないか、多勢に無勢……」

平七郎は、恭之介を庇《かば》って立った。

「おぬしに言う必要はない、退け」

「退かぬと言ったら……」

「何」

「どんな揉め事があるのか知らぬが、目の前で人が殺されるのを黙って見ているわけにはいかぬ」

「ちっ、こやつから斬り殺せ」

三人は剣先を平七郎に向けて三方に飛んだ。

「しっかりしろ」

平七郎は、恭之介をひっぱり上げると、後ろに庇うように社《やしろ》を背にして立った。

通り雨はひやかしだったのかすでに止んでいたが、陽は西に傾いて境内《けいだい》には木々が黒い陰をつくっていた。

三人に同時に注意を払いながら、中段の構えで立った平七郎に、目の前の深編笠が、声を発して飛び込むや袈裟掛けに斬って来た。

平七郎は刀を振り上げてこれを躱《かわ》し、即座に右に飛びながらその男の右小手を打った。

「うっ」

確かな手応えがあったと思ったその瞬間、その男は腕を押さえて後ろに飛んだ。

刹那《せつな》、右手に突きを食らった平七郎は、僅かに体をずらしてこれをやり過ごし、刃を返して右手から来た深編笠の顔を目がけて斬り上げた。

「あっ」

深編笠の前面が真っ二つに割れた。

怯《ひる》んだその体に激しい突きを一つ見舞うと、すぐに左手の深編笠の攻撃に備えたが、その時、恭之介が短く悲鳴を上げて、太腿を抱えて蹲《うずくま》った。

恭之介を斬った左手の深編笠は、次の太刀を恭之介の頭上に下ろそうとして太刀を振りかぶったが、面前に平七郎の剣先が光っているのを見て、後ろに飛んだ。

「おのれ」

平七郎は、恭之介の腿から滴《したた》り落ちる血の色を見て、

「もう手加減はせぬ」

言うなりするすると接近し、左手の深編笠を袈裟掛けに斬り下ろした。左手の男はまた後ろに飛んだ。

しかしその構えはすでに乱れていて、肩で大きな息をついている。

「次は命を貰うぞ、手加減はせん」

平七郎はずいと出た。

その時だった。

「ひ、引け」

形勢を見守っていた深編笠が叫んだ。

その声を待っていたかのように、他の二人も刀をぶら下げたまま、境内の外に走り出た。

「歩けるか」

平七郎は刀をおさめて恭之介に聞いた。

だが恭之介は、血の気を失った顔を向けて、苦痛を堪《こら》えながら首を横に振ったのであ

る。

「これで、応急の処置は致しました。幸い骨には別条ございませんが、無理をして動かせば傷口はいつまでも癒えませんぞ」

稲荷の近くの老医者は、痩せた手で恭之介の腿に包帯を巻き終えると、平七郎と恭之介を交互に見て言った。

「歩くのは無理のようだな」

「歩けば歩けぬこともなかろうが、出血がひどくなって死に至るかもしれませんな」

老医師は冷たく言った。

平七郎は苦笑すると、

「わかった、お医師の言う通りにするぞ。とは申せ、ここには置いては貰えぬだろう。先生、お弟子に頼んで駕籠を呼んできてくれませぬか」

「承知しました。それじゃあ私は往診が一つありますので……」

老医師は弟子を呼びつけると、駕籠を呼んで来るように言いつけて、出かけて行った。

「面識もないお方に、たいへんなお世話になりました。ありがとうございます」

恭之介は、老医師が出て行って、二人っきりになると、平七郎に頭を下げた。

「いやいや、おぬしが大木戸で話していたおかみと娘は、私の知り合いの者だ。声をかけそびれたが、話は聞こえていた」

「それはまた……あの二人とは道中ずっと一緒だったのですが」

「おぬしは、密書を届けるお役目で江戸に参ったのだな。大事なお役目のことを漏らすわけにもいかず、二人の誘いを断るのに苦労していたようだな」

「立花様……」

恭之介は驚愕して言葉を呑んだ。

「倉橋《くらはし》恭之介殿と言ったな。境内でのやりとりは聞かせて貰った。なぜおぬしがあの三人に尾けられているのか気になって、ずっとおぬしの後を追っていたのだ。実はな、おぬしが被っていたのと同じ網代笠を被った武士が、十日前に芝橋という橋の袂で殺されていた」

見詰める恭之介に狼狽《ろうばい》が見えた。

「知っているのだな、その武家を」

「いえ、存じません」

恭之介は目を伏せて言った。

「まあいい。ではあの男たちが口走っていた密書の話は……それも知らぬか……」

平七郎は苦笑して見せた。

「申しわけございません。藩の大事にかかわることゆえ、仔細を申し上げることは適《かな》いませんが、あの者たちが口走っていた密書なる書状はもう渡すべき者に渡しました」

「何」

「私のお役目は大木戸で終わっていたのです。ですから稲荷の境内で引き据えられて裸にされても、何も出てくる心配はなかったのです」

恭之介はくすりと笑った。

剣はからっきしと見たが、恭之介という男、妙な度胸はあるらしい。

「お役目は終わったとな。そうか、わかったぞ。おぬし、あの笠屋で」

「はい、奴らに一杯喰わせてやりました」

「つまり、書状は笠の中に仕込んでいた。それで、新しい笠と交換した、そういうことだな。なるほど、見ていた俺も気づかなかった。見事なものだ」

「恐れ入ります。しかし、稲荷で立花様にお助け頂かなかったら、今頃は私はここで笑ってなどおりませんでした。お礼を申します」

「何、そんなことはいいが、それにしても網代笠に仕込むとはな」

「はい。国表を出る時に、高輪の大木戸にある丸田屋で笠を交換しろと言われていたのです。後はあの笠屋が手筈どおり藩邸に届けてくれる筈だと。上役も私の剣が拙《つたな》いのを承知でしたから」

「これからどうするのだ、藩邸に参るのか」

「いいえ、私は宿で待機して、無事藩邸に書状が届いたのを見届けなければなりません」

「その宿は何処だ」

「馬喰町の安宿です。なにしろ私の藩は貧乏なものですから」

「しかし馬喰町までは無理だな、駕籠とはいえいかにも遠い。お役目も、後は藩邸からの返事を待つだけなら、日野屋でしばらく世話になってはどうだ」

「あの、お豊さんとおさよさんの……」

「そうだ。長旅で二人にさんざん話を聞かされていると思うが、あの家は米問屋だ。一人や二人客が逗留したところで、どうということもあるまい。あの様子なら母娘も喜ぶのではないかな」

「しかし……」

「芝口橋という橋の袂に店はある。俺は橋廻りの同心で、あの店とは橋のことで懇意にしていて家のこともよく知っている」

「……」

「仮に無理をして宿まで走ったところで、動けぬおぬしの養生にはならぬ。日野屋に行けば女中もいるし、痒《かゆ》いところにも手が届く」

「立花様、詳しい話も申し上げないこの無礼な私に、重ね重ねのご親切、なんとお礼を申し上げてよいのやら」

「これも何かの縁というものだろう。気を使うことはない。ではよろしいですな、駕籠は日野屋ということで」

平七郎は、恐縮しきっている恭之介に念を押した。

二

日野屋の使いが平七郎を訪ねてきたのは、倉橋恭之介を日野屋に頼んでから三日目だった。

使いは、倉橋恭之介が会いたいと言っているので、すぐにでも日野屋に出向いて頂きたいということだった。

平七郎は昼食を終えると、母の里絵に帰りはいつになるかわからないから夕食はいらないと言い置いて役宅を出た。

本八丁堀に出て西に向かい、弾正橋《だんじょう》を渡って京橋《きょうばし》まで出、京橋を渡って新両替町《しんりょうがえ》、銀座《ぎんざ》町、尾張町と南に向かって歩きながら、左右前後にそれとなく注意を払って歩いている自分に気づいた時、平七郎は思わず苦笑した。

かつて定町廻りでならした折に染みついた癖のようなものは、いつまでたっても抜け切れそうにない。

――俺は今は橋廻りだ。

言い聞かせるようにして、平七郎は大股で芝口橋に向かった。

芝口橋は昔新橋とも呼ばれていたが、芝口御門が宝永七年に建てられてから、芝口橋と呼ばれるようになった。

下を流れている川は汐留《しおどめ》川といい、幸《さいわい》橋御門から土《ど》橋、難波《なんば》橋、芝口橋、汐留橋と並んでいる。

芝口橋の長さは十間、幅は四間二尺ほどで、西隣に架かっている難波橋は幅が二間だから倍ほどの広さである。

この芝口橋の日々の管理を日野屋に頼んでいるのであった。

主は吉右衛門《きちえもん》というが、なかなか気骨のある男で、女房のお豊も口八丁手八丁のやり手である。

娘のおさよは母親に似たのか名前に反して気が強いが、根はやさしい娘である。

恭之介が日野屋で手厚く看病されているというのは、あの翌日ふらりと訪ねて行った時に平七郎はこの眼で見ている。

——剣はからきしなのに、藩の大事な密命を引き受けるとは。

妙に気になる男であった。

その恭之介が平七郎に会いたいという。

思いがけない異変でも起こったのかもしれなかった。

はたして恭之介は、日野屋の離れの部屋の布団《ふとん》の上に半身を起こして、平七郎を待っていた。

恭之介の側には、まるで若女房のようにかいがいしくおさよが世話をしていたが、平七郎が顔を出すと、茶菓子を置いて静かに下がった。

奔放に見えても大店の娘である。躾《しつけ》は行き届いていた。

「お呼び立てして申しわけございません」

恭之介は、まず平七郎への非礼を詫びた。

「なんの、その体だ。気に病むことはない。それより何か重大な話があるのですな」

平七郎はずばりと聞いた。

「はい。どうしても立花様の御助力を頂きたい。私にはこの江戸で、あなた様以外にお力添えをお願いできる人はいないのです。お引き受け願えませんでしょうか」

「承知した。先にも話したが私は橋廻りだ。余計な心配をせずにお話し下され」

「かたじけない。実は私は備中松田藩《びっちゅうまつだ》五万石の者でございます」

「ほう、備中でござったか」

「はい、兄は殖産勘定方に籍をおいておりますが、私は無役の者、つまり倉橋家の厄介者《やっかいもの》でございます」

「……」

「その厄介者が、藩の大事を担うことになりましたのは、私なりに藩の行く末を案じてのこと。私の微力で藩が救われるのならと、私なりに命を賭けて密書を預かってまいりました」

恭之介は、若者らしい生まじめな目を平七郎に注ぐと、ここに至るまでの経緯を告げた。

それによると、備中松田藩では長年の赤字が年収の三倍にも及び、五年前に松田藩の藩主となった池田《いけだ》備中守重直《しげなお》は、藩の財政を立て直すために殖産産業に力を注いだ。

松田藩は四方を山に囲まれた平地の少ない藩である。

米の量産は水の確保が難しく、今までにも棚田を作るなど工夫をしてみたがことごとく失敗したことから、漆《うるし》や紙の原料となるこうぞやみつまたを植えることを重直は推奨した。

国元にいる多くの家来は、殖産方に回されて、農民と一緒になって国を興せというのが重直の口癖だった。

重直自身も御歳まだ二十五歳でありながら、質素倹約に励み、奥の女たちも整理して、自ら食事も稗《ひえ》や粟《あわ》を米に混ぜて食するなど、生まれながらにして藩主たる素質を備えた立派な人物だった。

ところがこの藩主に当初から逆らう者がいた。

重直の伯父に当たる国家老の野々村外記《ののむらげき》である。藩主重直の父の腹違いの兄だが、自分が藩主になれなかった腹癒《はらい》せか、今や国表は野々村外記の勢力に壟断《ろうだん》されて、その傍若無人の振る舞いには目に余るものがあった。

藩主が国元にいる間は、さすがにおとなしくしているのだが、江戸在府の折には、倹約はおろか贅沢《ぜいたく》のし放題だった。

殖産産業で実りをみせ始めた漆や紙の製造が軌道に乗ってきたとはいえ、領民の生活は少しも楽にはならなかったし、産業に携わった下級の武士たちの俸禄もずっと三分の一を召し上げられたままだった。

農民の中には、何かおかしいのではないかと騒ぎ出す者まで出て、とうとう元執政の犬《いぬ》塚《づか》彦《ひこ》左《ざ》衛《え》門《もん》に訴える者まで現れた。

犬塚彦左衛門は、野々村外記の策略のために、今や執政の座を退き隠居同然の日を過ごしていたが、藩政を憂いて立ち上がった。

密かに恭之介の兄、倉橋成一郎《せいいちろう》を呼び寄せて、殖産産業の出納の収支を調べさせたのである。

すると、野々村外記が、殖産産業に多額の金を投資した御用商人『猿橋屋《さるはし》』の理兵衛《りへえ》と結託し、殖産産業で上がった利益を横取りしている疑いが浮上し、それをごまかす二重帳簿を成一郎は手に入れた。

二重帳簿が無くなったことを知った野々村外記は、手を尽くして犯人探しを決行したが見つからず、当初殖産産業の帳簿に携わっていた外記一派以外の人員をその任務から解き、期限のない長い謹慎とした。

そればかりか、職務怠慢とかなんとか理由をつけて、家禄を三分の一に減らしてしまったのである。

恭之介の家は代々四十五石をいただいていたから、一気に十五石となり、屋敷も村外れのあばら屋に移された。

倉橋家は、農地を開拓し内職をしなければ食べていけなくなったのであった。

当初恭之介は、藩の塾『誠信館《せいしんかん》』の教授の手伝いをして小遣いを稼いでいたが、その僅かな小遣いも生活費に回さなければいけなくなった。

そもそも恭之介は、幼い頃から剣術はからっきしで、学問の道を選んだ。

家は兄が継ぐことになっていたから、父も母も生前から学問で新しい家を興せるならと、恭之介のやることに賛成してくれていたのである。

しかし、悶々とする兄の姿を見て、恭之介は自身の非力を恥じた。

いや、兄の苦悩もそうだが、嫂《あによめ》の久美《くみ》の苦労は見ていられなかった。

そんなある夜のこと、元執政の犬塚彦左衛門から呼び出しがあったのである。

呼び出しは兄ではなく恭之介というので、兄も恭之介も不安を覚えたが、はたして彦左衛門は、恭之介が座敷に入るなり、

「ちこう」

険《けわ》しい顔で言ったのである。

「はっ」

膝行して彦左衛門の前に進むと、

「お前に藩の行く末を託したい」

彦左衛門は、老人とは思えぬ鋭い眼で、恭之介に言ったのである。

「私に藩の行く末を……」

きつねにつままれたような思いで、恭之介は聞き返した。

「そうだ。お前も気がついていると思うが、殿にこの国元の真実を知って貰うことが今は急務、殖産産業を食い物にしている奴らを一掃するには、殿のご決断がいる」

彦左衛門が突然藩政について語りだしたものだから、恭之介は驚愕した。

なにしろ十五石の下級武士の、それも冷や飯食いである。

倉橋家にとっても藩にとっても、いわばもて余し者、つてがあれば藩の外に出てほしいと思われている身分である。

目を白黒させている恭之介を見て、彦左衛門は笑みを浮かべた。

だがすぐに険しい表情に戻ると、扇子を持った骨だらけの手で、耳を貸せというようなしぐさをした。

おそるおそる膝を詰めると、彦左衛門は灯火の明りを横顔に受けて、恭之介を見た。

「もはや信用できる人間は少ない。そこで成一郎の弟であるお前を選んだ。わしの手紙を江戸の殿に渡してほしい。外記の悪事の全てを書いたものだ」

「犬塚様」

　驚いて見返すと、

「つまり密書だな」

　犬塚は言い、頷いた。

「密書を私がでございますか」

「出来ぬというのか」

「いえ、有り難い仰せではございますが、いささかこの私には……実は私は、剣術はからきしでございまして」

「知っておる」

「しかし、追っ手がないとは言い切れないのではございませんか」

「そこでだ。もう一人この役目を頼んだ者がいる」

「……」

「黒田十三郎だ」

「黒田様……確か島田《しまだ》道場では師範代を務めている」

「そうだ。黒田を倒せる者はそうはおるまい」

「ほっと致しました」

恭之介が苦笑すると、

「だが、万が一ということがある。黒田は追っ手をおびき寄せるための駒《こま》だ」

と言う。

彦左衛門は、黒田を密使として先に出発させ、追っ手の注意を黒田に向けさせておいて、恭之介がその後密書を持って江戸に向かうのだというのであった。

「お前の江戸参府は、表向きは勉学のための視察だ。まさかお前のような人間に密書を頼むなどと誰も考えぬだろう」

彦左衛門はくくっと笑った。

笑い事ではない。恭之介は顔が蒼白になっていくのがわかった。

すると彦左衛門は、

「お前が無事殿に手紙を届けてくれたら、遠からず外記一派は成敗される。そうなった時はいの一番に、兄の家禄を元に戻し、お前も学問で身の立つように助力しようではないか」

最後にそう言ったのである。

恭之介は、そこまで一気に話し終えると、深い溜め息をついて平七郎を見た。

「犬塚彦左衛門様の話によれば、江戸の藩邸内も用人の神山善四郎《かみやまぜんしろう》を筆頭とする外記派に占められている。唯一自分と心を一つにしている者は、御留守居役の一柳《いちりゅう》瀬左衛門《せざえもん》のみで四面楚歌だと……だからあの高輪の大木戸の道中屋『丸田屋』に密書を渡せば、丸田屋が必ず一柳様に届けてくれる。一柳様が確かにそれを手に入れたその時には、配下の者が私が逗留している宿に知らせてくれると、そういう手筈になっていたのでございます」

「なるほど。それで」

「はい。私はこのような体でございますから、おさよさんにお願いして、私が逗留する筈だった宿の主に、江戸藩邸から密書が無事届いた旨の使いがあったかどうか聞いてもらったのです」

「なかったのだな」

「はい。あれから三日です。奴らはあの折はまんまと私に一杯喰わされましたが、その後あのからくりに気づいて丸田屋まで襲ったのではないかと心配なのです。なにしろ、あの折は立花様の剣にたじたじとして逃げて行きましたが、あの黒田さんでさえ殺されたのでございますから……」

「すると、私が芝橋で見た旅人の死体は、黒田某という藩士だったのですな」

「はい」

恭之介は怯えたような顔をした。

「師範代であった程の遣い手が殺されるとは。きっと闇討ちにでもあったのだろうと……私は黒田さんが殺されたことを立花様から知らされて、改めて奴らの恐ろしさを知りました」

「わかった。すると俺が、あの丸田屋を訪ねて様子を聞いてくればいいのだな」

「この通りです。お願いします」

恭之介は布団の上で両手をついた。

「あなた様が倉橋恭之介様の代理のお方とはまた……」

丸田屋の主仁兵衛《にへえ》は、目を丸くして平七郎を見た。

「立花平七郎と申す。見ての通り同心だが橋廻りで今は非番の身だ。倉橋殿が先だって賊に襲われてな、怪我をして匿っておる」

平七郎は恭之介から預かって来た文を渡した。

「ちょ、ちょっとこちらへ。立花様、奥の方へお通り下さいませ」

仁兵衛は、平七郎の袖を引っ張るようにして、奥の座敷に案内した。

手代が茶を置いて引き下がると、一間ほども後ろに下がって、額を畳に擦《こす》りつけた。

「申しわけございません。私は今日首をつろうか、明日目の前の海に身を投げようかと思い詰めていたところでございます」

「どういうことだ。申しわけないだけではわからぬ」

「はい。実は倉橋様から密書をお預かりしたその晩のことでございます。台所を任せておりましたお滝《たき》という女が、帳場の銭箱から金を盗んで逐電《ちくでん》してしまいまして。いえ、お金のことはよろしいのですが、翌日松田藩邸にお持ちしようと袱紗《ふくさ》に包んで文箱に入れておりました倉橋様からお預かりした物を、あの女はそれも行きがけの駄賃とばかり持って出たのでございます」

「なんと」

平七郎は膝を打った。言葉もない。

「お恥ずかしい話ですが、お滝は品川宿で身請けした女です。才覚もあり機転も利く女でしたので、身請けしたのですが、些細なことで厳しく叱《しか》りつけたのを根に持ったんでしょう。私の一番困るものをと盗んでいったに違いありません」

「身請けした宿には尋ねてみたのか」

「はい。宿には足を向けてはおりません」

「宿の名は」

「湊屋《みなとや》でございます」

「湊屋だな」

「はい、さようで」

平七郎はすぐに丸田屋を飛び出した。

品川の宿の湊屋に入って、女将にお滝に昔の馴染みがいたのではないかと聞いてみた。

「いるにはいましたけどね」

湊屋の女将は、帳場の長火鉢の前で、煙管《きせる》に火をつけて美味《うま》そうに煙草《たばこ》を吸うと、じろりと平七郎の顔を見た。

「どんな奴だね」

「でもね旦那、丸田屋さんに身請けされた時点で、その人とは切れてる筈ですがね、あたしも厳しく釘を刺しておきましたから」

「誰だねその男は……」

「銀次《ぎんじ》というならず者ですよ。旦那に申し上げるのもなんですが、この辺りじゃあ暗くなったら、あっちこっちで賭場が開いてますからね。銀次という男は、博打で食ってる男ですよ」

「ねぐらはどこだね」

「さあ、そこまでは知りませんね。そういえば、昔は大川の渡しをやっていたとか言ってましたが、なんでも舟を漕ぐのが早いとかで、鉄砲玉の銀次とか呼ばれていたんだと自慢していたことがありましたよ」

「鉄砲玉の銀次か」

「どうせ、眉唾《まゆつば》ものの話でしょうがね」

女将は、長火鉢の縁に、勢いよく煙管を打ちつけた。

黒くなった煙草の吸い滓《かす》が、灰の上に転がった。

さてっと言うように、女将は帯に手をやった。

話はこれでお終《しま》いだと言わんばかりである。

「女将、一つだけ頼みがある。銀次の姿を見たら、丸田屋でいいから知らせてくれ。いいな」

平七郎の物言いは柔らかだったが、有無を言わさぬものがあった。

たかが橋廻りとはいえ、同心は同心である。

協力を拒んだらどうなるか、ここらあたりの女将ともなれば、同心の顔色を読んでいることは先刻承知だ。

女将がお愛想たっぷりに返事をしたところで、平七郎は外に出た。

――一刻を争うな。秀太やおこうに手伝って貰ったほうが良いかもしれぬ。

予測も想像もしなかった展開に、平七郎は困惑していた。

――しかし、このままにはしておけぬ。乗りかかった舟だ。

なんとかしなければ、これは丸田屋の話であるとか、恭之介の話であるとかではなく、縁も所縁《ゆかり》もないとはいえ、一つの藩の存続にかかわる問題だと思うにつけ、平七郎は捨ててはおけない思いだった。

三

「平七郎様、叱ってやって下さいませ。恭之介様はこうしてはいられない、などとおっしゃって……」

おさよは、中庭で杖をついて歩行練習をしている恭之介を睨んで、訪ねて来た平七郎に訴えた。

丸田屋のお滝が密書を持ち出したいきさつを恭之介に伝えたのは昨日である。

平七郎は、秀太や船頭の源治、それに一文字屋のおこうにも協力してもらって、銀次という男を探索している最中だった。

ところが再度日野屋から呼び出しがあって訪ねてみると、恭之介が苦痛に顔を歪めながら歩行訓練をしているのであった。

平七郎が頼んで傷の手当てをしてくれた、稲荷の近くのあの老医師は、傷口を縫ったところは十日近く固定しておかなくては、また傷口が開いて、いつまでも治らないと言っていた。

それを恭之介も聞いていた筈なのに、やはりいたたまれなくなったと見える。

「おぬしはその傷をもっと悪化させたいのか」

平七郎はことさらに厳しく言った。

恭之介は、きっと見上げるように平七郎を見返すと、

「私は悔しいのです。黒田さんが命を張って囮《おとり》になってくれたこと、それに、国元で真っ当な藩政を望んで待っていてくれる領民のことを思うと、じっとしていられないのです」

「焦ってもどうにもなるまい。仮にその足が動いたとしても、おぬしは剣術はからきしだし、江戸の街は知らぬ。立ち尽くすだけではないか」

「しかし……」

「責任を感じるのはわかるが、焦《あせ》りは禁物だ。しばらく待て。俺たちも手を尽くしている

のだ」

「立花殿……」

恭之介は己の無力を呪うように歯ぎしりして、どうとそこに力尽きて倒れてしまった。

「恭之介様、しっかりなさいませ」

おさよが恭之介を抱き起こし、

「諦めないでお待ち下さい。こちらの立花平七郎様は、今は橋廻りをなさっておられますが、先年まで定町廻りの黒鷹と呼ばれたお方です。きっとお探しの品は戻って参ります。おさよはそう思います」

必死で説得してみせる。

おさよは相当、恭之介に心を奪われているらしい。

——それにしても、黒鷹だのなんだのと大袈裟に説得して……。

苦笑しながら恭之介の腕を引っ張り上げた時、

「平七郎様」

船頭の源治が庭に入って来た。

「連れてきましたぜ、鉄砲玉の銀次の野郎を……平塚様、こちらです」

後ろに向かって叫ぶと、秀太が着流しのすらりとした男の腕を捩じ上げて入って来た。

「平さん、この野郎ですよ、存分に聞いて下さい」

秀太は同心然として平七郎に言い、

「やい、正直に話さないと、小伝馬町に送ることになるぞ。この平塚秀太の手にかかったのが運のつきだ。神妙に致せ」

銀次とやらを、庭に引き据えたのである。

「何するんだよ、昔世話になった源治爺さんの顔を立てててついて来てやりゃあ、この仕打ちだ。何だってんだよ。旦那、あっしの所に確かにお滝は転がりこんでいますけどね、丸田屋の一件はあっしが誘い出したのでも何でもねえんだ」

「では聞くが、お滝はお前の家にまだいるんだな」

平七郎はしゃがみこんで、銀次の顔を見据えて言った。

「へい。居るにはいますが、あの手紙はもう手元にはありやせんぜ」

「どこにやったのだ」

「……」

「おい、黙ってないでなんとか言え」

秀太が後ろから、頭を小突いた。

「それが、博打場で隣に座ってた野郎に、一両で買ってもらったんですよ」

「出来過ぎた話だな、嘘じゃないだろうな」

「本当です」

「どこのどいつだ、その野郎は。名を言ってみろ」

また後ろから秀太が小突く。

「名は、宗太郎《そうたろう》という男です」

「住まいはどこだ」

「深川の裏店だと聞いているが、詳しいことは知らねえな」

「では宗太郎という男が行く賭場はどこだ」

「佐賀《さが》町の倉庫の中です」

「倉庫といったってあの辺りは倉庫ばかりだが、目印は」

「稲荷の札が扉の横にかかってまさ、倉庫番の仁吉《にきち》という男が開いている賭場なんでね」

「何、仁吉だと……」

平七郎の眼が光った。

仁吉は平七郎が定町廻りだった頃に、一度、目こぼしをしてやった男だった。

一度博打にのめり込んだ者は、そう易々《やすやす》と足は洗えないものらしい。

「わかった。秀太、この男の言っていることが嘘か本当か、はっきりするまで見張っていてくれ」

平七郎は言い置いて、源治を連れて外に出た。

「丁半ないか、丁半ないか。どなたさんもよござんすね」

薄暗い荷物の陰で、その賭場は開かれていた。

荷物の陰から見渡す平七郎に、仁吉は手を揉むようにして言った。

「旦那、ご勘弁下さいまし。御覧の通りの人足たちのちっぽけな賭けでございますよ。昔のよしみでどうか見逃しておくんなさい」

「ふむ、そのかわり一つ協力して貰えるか」

「お安い御用で」

「宗太郎という男が出入りしていると聞いてきたんだが」

「旦那……」

仁吉は、壺振りの前で片膝立てて興じている三十前後の男に視線をくれた。色白のやさ男だった。鋭い目で盆の上を睨んではいるが、根っからの博打打ちではないことは平七郎にもわかった。

「やくざ者ではないようだな」

「へい。今は博打に明け暮れておりやすが、元は蠟燭《ろうそく》問屋の跡取りだった男でさ」

「蠟燭問屋だと、何という店だ」

「天野《あまの》屋です。もっとも三年くらい前に潰《つぶ》れたらしくて、以来ああして博打で飯を食ってるようでして」

「よし、俺は外で奴が出て来るのを待っている。逃がすんじゃないぞ。逃がせばお前をしょっぴく、わかっているな」

「へい。旦那に睨まれてはひとたまりもありやせんからね。あっしが旦那に逆らう筈がないじゃありやせんか」

仁吉は卑屈な笑いを浮かべて頭を掻いた。

平七郎は、闇からもう一度宗太郎の顔を確かめると、倉庫を出て表の物陰に身を寄せた。

通りは月明りで、青白く映っていた。

時折酔っ払いが通る以外は人の影は無く、平七郎は宗太郎を待つ間に、恭之介を襲った武家三人のことを考えていた。

平七郎の反撃に恐れをなして引いていったが、このまま諦めてしまう輩《やから》でないことは、恭之介の話からも明らかだった。

今頃は丸田屋も見張られているだろうし、恭之介の行方も血眼になって探しているに違いなかった。

恭之介が怪我をして身動きならぬのは見方によっては幸いというべきかもしれぬ。なにしろ恭之介の刀は飾りのようなもの、あの男たちに太刀打ち出来る筈もない。外に姿を見せれば即、襲われて殺されるのは目に見えていた。

恭之介の傷が癒《い》えるまでに密書を取り戻し、一柳とかいう留守居役に手渡してやらねばならぬ。

しかし、厄介な事件に足を踏み入れたものだと、平七郎は一人溜め息をついた。

その時だった。

倉庫の外に宗太郎が姿を現した。

どうやら今夜はツキがなかったのか、舌打ちして出てきた扉を見返すと、油堀の北側の道を東に向かって歩き、堀川町の飲み屋に入った。

平七郎も後を追うようにして店に入った。

宗太郎は、店の奥の椅子に座って小女に注文していた。

「宗太郎だな」

平七郎が声をかけると、宗太郎は驚いて見返した。今にも立ち上がって逃げ出しそうな気配である。

「聞きたいことがある。正直に答えてくれ」

「何だよ、酒がまずくなる。てっとり早く言ってくれ」

宗太郎は、いかにも悪ぶった口調で言った。

「鉄砲玉の銀次から一両で買った物を返してもらおうか」

宗太郎はびっくりしたようだったが、素知らぬ顔で盃を傾けた。

その横顔に、平七郎は言った。

「わかってるんだ、お前の手に渡っていることは。隠し立てをすると為にならぬぞ。あれはな、盗まれた品なのだ」

ふっと宗太郎は笑った。

「何のことを言っているんだか」

「何」

「銀次という男も知りませんし、その盗まれた品も知りませんよ。旦那、銀次という男に、いいように振り回されているんじゃないですかね」

「……」

「今夜だって僅かの金がなくて早々に賭場も切り上げてくるようなこの俺が、一両もの金を持っている筈がないではありませんか。妙な言いがかりは止めにして下さいよ」

宗太郎は、にやりと笑って平七郎を見た。

四

「一色様」

平七郎は廊下に片膝ついて、部屋の中に声をかけた。

「うっ」

一色は文机《ふづくえ》に俯《うつぶ》せになって居眠りしていた顔を上げた。

涎《よだれ》を垂らしていたと見え、口元が光っている。

「なんだ、立花か」

一色は慌てて口元を手の甲で拭《ふ》き取ると、

「何か用か」

面倒臭そうに膝を直して、まあ入れと言った。

「いい陽気だ、ついうとうととして」

言い訳しながら、出涸《でが》らしの茶を注いで、平七郎の前に置いた。

「ちとお尋ねしたいことがありまして。一色様は蠟燭問屋の天野屋をご存じですか」

「天野屋、知ってるよ。と言っても、とっくに潰れたがな」

「潰れた原因は、何でしょうか」

「何、そんなことを調べろというのか」

「はい。是非お願い致します」

「今幾つも吟味が溜まっているのだ、みろ、この両脇の書類を見てみろ」

一色は手を広げて大袈裟に言い、非番の月の御用繁多ぶりを強調した。

涎を垂らして居眠っていたにもかかわらずだ。

だが平七郎は、真面目な顔で言った。

「一色様がお忙しいのは承知しております」

「だろう、それなのにだ。時々思いもかけない捕物にも出なければならんのだ」

一色は、橋廻りの平七郎が手がけた事件の捕物に、時折ひっ張りだされることを言っているらしかった。

「しかし、お言葉ではございますが、一色様に捕物をお願いした事件は、一色様の吟味役与力としてのお立ち場を、いっそう不動のものとしているのではないでしょうか」

「皮肉か。だんだん嫌な奴になるな」

「一色様、私は橋廻りでなかったら、こんなことを頼みません」

「わかった。言うな、わかっておる。暫時《ざんじ》待て、うん、暫時待て」

一色はここらで手打ちにしないと、かえって足元をすくわれると覚悟したらしく、そそくさと部屋の外に出て行った。

平七郎は苦笑して見送ると、その目を内庭に転じて、若葉の伸びた躑躅《つつじ》の木が、柔らかい陽だまりに包まれているのを見た。

ふっと日野屋の庭で、杖をつきながら歩行訓練をしていた恭之介の姿が目に浮かんだ。

額に汗して必死に歩こうとする恭之介を支えているものはなんだろうかと考える。

旅先で知り合った日野屋の母娘が寄せる温情は、恭之介にとってこの江戸での命綱のようなものだ。

その命綱に縋って恭之介は必死に歩こうとしている。

藩を救いたいという若者らしい使命感に燃えている。

だが、と平七郎は思う。

——それだけだろうか。

もっと別なものがあの若者を江戸への旅に駆り立てたのではないか。ふっとそんな気がしてきたのであった。

先夜、平七郎は宗太郎とはあの後すぐに別れたが、川岸に舟を着けて待機してくれていた源治に宗太郎の後を尾行させ、住家を確かめさせてある。

源治の報告では、宗太郎は仙臺《せんだい》堀沿いの冬木町の裏店に一人住まいをしているらしい。

そこまでの話を恭之介にしてやったが、宗太郎が蠟燭問屋の天野屋の息子だったと告げた時、ほんの一瞬だが恭之介が何かの記憶を手繰り寄せているような表情をしたのが気になった。

宗太郎は密書のことなど知らないとシラを切ったが、平七郎は密書は宗太郎の手にあると思っている。

「いずれ宗太郎は動く筈だ」

と恭之介には説明したが、なぜ宗太郎が松田藩の密書に興味を持ったのか、そんな物を何に使おうとしているのか、疑問が残った。

そこで平七郎は、一色を訪ねて来たのだ。

その謎が解けるのではないかと思ったのである。

「立花」

まもなく急ぎ足で戻って来た一色は、一冊の綴《つづり》を平七郎の前に置いた。

「読んでみろ」

平七郎は急いでその綴に目を通した。

――やはりな。

宗太郎は備中松田藩に無関係な人間ではなかったと知り、もつれていた糸がほどけていくような気がする一方、全身が緊張に包まれた。

蠟燭問屋天野屋は、その蠟の大部分を松田藩から仕入れていたが、松田藩の財政が逼迫《ひっぱく》したといわれて貸した金はおよそ五百両、しかもその上に、殖産産業に参画しないかと誘われて五百両を乞われ、店の前途を託して天野屋は総額一千両の金を貸したのであった。

ところが事業が始まってみると、蠟はどこかへ横流しされ、手元に入らなくなったばかりか、約束の月々の返済金も滞って、天野屋は遺書を残して自害したのであった。

遺書は松田藩の非道と策略を訴えていて、それには同じ藩の御用商人である『猿橋屋』との癒着があるのだと訴えていたが、奉行所は事が藩政にかかわるだけに、もう一歩踏み込めないままに終わっていた。

それというのも、天野屋は自害と同時に店は人手に渡り、使用人も妻も息子も、みんな散り散りになってしまったという事情もあった。

――記録を読んだ限りでは、宗太郎にとっては松田藩は無関係どころか、自分の父を死においやった張本人、敵《かたき》ともいうべき相手だったのである。

平七郎は静かに綴を閉じて、一色の前に突き返すと立ち上がった。

「おい、何を考えているのだ」

一色の声が聞こえたが、平七郎はすでに陽だまりの消えた廊下に立った。

「おい、平の字」

一色はまた呼んだが、平七郎は目礼すると、玄関に向かって大股に歩いて行った。


その頃、恭之介は芝口橋袂にある貸し船屋に頼み込んで、傷ついた体を深川の油堀まで運んでもらって、宗太郎の長屋を訪ねていた。

太腿には晒《さらし》を巻いていた。

傷口が癒えるまでは、まだ数日を要すると医者には言われたが、じっとしてはいられなかった。

ちょうど宗太郎が夕闇の街に出ようとしている所で、見も知らぬ若い武士が突然家に入ってきて、びっくりしたのは言うまでもない。

面食らって宗太郎は言った。

「誰だね、あんたは」

すると恭之介はいきなり土間に手をついて、

「私は備中松田藩の者で倉橋恭之介と申すもの。どうか、何も言わずに密書を私に返してくれ。この通りだ」

頭を下げた。

「何のことだかわからんな、近頃はおかしなことが続くものだな。俺は知らん」

「そんな筈があるものか。お前は蠟燭問屋天野屋の倅と聞いた」

「誰に聞いた。そうか、あの同心か」

「それだけではない。私は国元の塾で天野屋の一件を耳にしたことがある。私は冷や飯食いの身だ。自分の存念など言上すべき身ではないが、それでもあの時は気の毒に思ったものだ」

「うるさい。同情など結構だ。帰ってくれ」

「帰らぬ。密書を返して貰うまでは……」

「知らんと言っているだろう。もしもこの手にあったとしても、松田藩の人間なんぞに渡してやるものか」

宗太郎はせせら笑った。

「返せ、返してくれ」

恭之介は満身の力を込めて立ち上がると、宗太郎につかみかかった。

「何をするんだ」

宗太郎は、恭之介の頬を殴った。

「くそっ」

恭之介は、また立ち上がって、宗太郎に飛びかかった。

宗太郎は、今度は恭之介の胸倉《むなぐら》をつかむと、足をかけて土間に倒した。

「うっ」

横倒しになった恭之介は、太腿を押さえて蹲った。

「どうした。それでも武士か。腰のだんびらは何の為に差しているのだ、飾りか」

宗太郎は、面白そうに笑った。

だがその目が、一点に注目した。

恭之介の太腿から、じわりと血が滲んできた。

「どうしたのだ」

「密書を奪おうとして私を襲ってきた刺客にやられたのだ」

「何」

「お前のいう通り、腰の物は私にとっては飾り物だ。刺客に襲われた時に立花殿に助けて貰わなかったら、今頃はあの世だ、ここにはいなかった」

「そんな腰抜けが、どうして大役を引き受けたのだ。命が幾つあっても足らんのではないか」

「賭けたのだ。お前に言ってもせんないことだが、藩は真っ二つに割れていて、わが兄が頼りとする執政は三年前からお役を取り上げられたまま逼塞《ひっそく》の日々だ。そうだ、ちょうどお前の親父殿が自害したあたりから、わが兄たちは藩政の外に置かれたままなのだ。領民は飢え、藩は疲弊し、それらは全て藩を牛耳《ぎゅうじ》っている人間たちの仕業なのだ。その悪政を殿に知らせるために、私はこの命を賭けた……」

「馬鹿な男だ。帰ってその傷の手当てをした方が身のためだ」

「帰らぬ」

恭之介は顔を上げて、すくい上げるように宗太郎を仰ぎ見た。

「止めろ、そんな目で見るのは止めろ」

宗太郎は叫ぶように言い、

「止めろ、止めてくれ」

恭之介の胸倉をつかんで激しく振った。

五

「恭之介がいなくなったのはいつのことだ」

平七郎は、日野屋の店先に立つなり聞いた。

今朝早く日野屋から使いの者が駆け込んで来て、大変なことが起きた、すぐに店まで来てほしいと言ってきたのである。

まさかとは思ったが、店に入るなり、内儀のお豊と娘のおさよが待ち受けていて、昨夕から恭之介の姿が見えないのだと言った。

「平さん、来ていたのですか」

秀太が日野屋の主と入って来た。

「秀太」

「心配でじっとしていられないですよ。で、来てみたらこの騒ぎです。平さん、恭之介殿は、隣の貸し船屋の舟を借りていましたよ」

「何だと」

「今聞きましたら、深川の油堀まで運んだようです」

「なんと馬鹿なことを」

平七郎は、秀太の側に困り果てた顔で立っている日野屋を見た。

「申しわけございません。女房も娘もいて、使用人もたくさんおりましたのに、誰も気がつかず、ひょっとして駕籠で藩邸にでも行かれたのかと思っておりましたが」

「恭之介様は、すぐに戻ると、心配するなと、書き置きを残していたのです。ですから私もおっかさんも、皆藩邸に行ったとばかり」

おさよが言うと、お豊が後をとって言葉を継いだ。

「でもね、よくよく考えてみると、それはおかしいのじゃないかということになったのです。それなら馬喰町の旅籠ではないかと、あちらはまだ部屋をとったままですからね。しかしそれもね、藩邸から何かの知らせがあればこちらに知らせて貰うように夫がじきじきにお願いにあがっていましたからね、それも違うと……それで私たちは真っ青になったのです。ご連絡が遅れまして申しわけございません」

お豊は詫びた。

「お前たちが謝ることはない。恭之介の考えでやったことだ。深川に行ったのなら、天野屋の息子宗太郎に会いに行ったに違いない」

踵を返そうとしたその時、表に町駕籠が着いたと思ったら、女が一人、転がり込んで来た。

「こ、こ、こちらに、お、お侍様が……」

「あんたは」

秀太が呆気にとられて女に聞いた。

「お、お、お、お滝……」

「何、丸田屋の主から書状を盗んだあのお滝か」

平七郎は女の側に腰を落として顔を見た。

女は、こくりと頭を振った。

三十も半ばかと思える厚化粧の女は、あわっあわっと、言葉にならない声を発する。

「こ、腰が、ぬ、抜けて……」

ようやく言った。

余程何か恐ろしい目に遭ったようだ。

「水をやってくれ」

平七郎が後ろを振り返ってお豊にいうと、お豊は小走りして台所から茶碗に水を汲んで戻ってきて女に手渡した。

お滝は震える手でそれを抱えて飲み干すと、

「た、たいへんです。旦那様が、丸田屋の旦那様が襲われまして」

「落ち着いて話せ」

平七郎が一喝すると、お滝は大きな息を吐いてから、

「私、銀次さんに叱られました。お前がとんでもねえことをやらかしてくれるから、俺まで疑いをかけられてお役人にはこっぴどく叱られるしたいへんだったと……それでね」

お滝は銀次に説得されて、丸田屋に詫びに帰れと厳しく言われたのである。

銀次に冷たくされたら、お滝に帰るところはない。それによく考えてみると、主の諫《いさ》めに反発して盗みを働いて逃げようとしたことは確かだが、それ程主を憎んでいたわけではない。

そこで、丸田屋に謝りを入れに今朝帰ってみると、店の戸は破れ、中で主と手代も丁稚《でっち》も縛られていた。

丸田屋は肩を斬られて失神状態だったが、お滝の顔をみると許してくれて、この分では日野屋にいる恭之介さんの身が心配だ。お前はすぐに日野屋に走り、くれぐれも身辺気をつけられるようお伝えしろと言われたというのであった。

「賊に入られたか」

平七郎の問いかけに、お滝はこくんと頷いた。

「夕べ、押し入られて、密書を出せと……それで旦那様が知らないと答えると、店の中をひっくりかえして調べ上げ、今朝方引き上げていったようです」

「わかった、それにしても、丸田屋はお前のことをよく許したものだ」

「申しわけございません。この通りでございます」

お滝は土間に腰を据えたまま手をついた。

「そうよ、あんたのせいよ。恭之介様はね、無事お役目を果たした後には、亡き母上様の思い出の地を訪ねるのだとおっしゃっておりました。命をかけて江戸に出てくるお気持ちになったのも、かねてよりの母上様の願いであるそのことを達成することが出来ると思ったからだと、そうおっしゃっておられました。もう何もかも目茶苦茶です。恭之介様がお気の毒です」

おさよは、叫ぶように口走ると、奥に駆け込んだ。

「娘は恭之介様にはもう、あの始末でして……」

日野屋は苦笑して見せた。

「ふむ……」

それにしても、意外な話だった。お役目が済んだら行きたい所があると言っていたのは、そのことだったのか。

密使の役を引き受けたのも、そのせいかも知れぬ。

平七郎は、自分の勘が当たったことを知って得心した。

しかし今はそれ以上のことをおさよに問い返す暇《ひま》もない。

平七郎は秀太を高輪の丸田屋にやり、自分は深川の宗太郎の長屋に走った。


「まったく、世話のやける野郎ですよ」

宗太郎は、大あくびをしながら、平七郎に奥の部屋を顎で差した。

そこには恭之介が、薄い布団に寝かされて鼾《いびき》をかいていた。

「眠り薬ですよ。医者に頼んで眠らせたのです。興奮して、泣くわ縋《すが》るわ。でも、つかみ合いになった時に傷口から血が出てきたようで、今朝になってですが、近くの医者に来てもらいました。目が覚めたら連れて帰ってください。俺も困り果てていた所だ」

「そうか、手数をかけたな」

「話を聞いてみれば気の毒な野郎でしたが、かと言って俺が助ける義理はない」

「やはり密書は持っていたのだな」

「ですが旦那、ここにはありませんぜ」

宗太郎は、冷ややかに言った。

「宗太郎、俺はなにもかも知っている。お前が何をするかおおよそ見当はつくが、恭之介を助けてやってくれないか」

「旦那、恭之介を助けるということは、松田藩を助けるということですぜ」

「……」

「そんな義理はない。松田藩などという藩は、潰れればいいのだ」

「宗太郎」

「いいですか旦那、俺の父親はあの藩に騙《だま》されて殺されたも同然ですよ。しかも藩は天野屋に金を一銭も返してくれてないのですよ。一度藩邸に談判に行きましたが、門前で追っ払われました。物乞いのような扱いでしたよ。忘れもしない、藩のお偉方が店にやってきて、地に頭を擦りつけるようにして、親父から金をかすめていったんですよ。そんな奴等が掌を返したように俺を扱った。許せると思いますか……親父は自害したんだ……店は潰れたのだ……許せるわけがないじゃありませんか」

「……」

「この恭之介も殺してやろうかと思ったぐらいだ。どうあれ恨みの藩の者には違いない。そう思ったんだが、こいつは臆面もなく大声で泣きやがった。武士の癖にはずかしげもなく自分をさらけ出してね……ふっと親父が死ぬ前にみせた弱々しい姿を思い出しましたよ。親父は泣いたんですよ、死ぬ前に……俺とおふくろの前で、こんなことになってすまんと……俺は許しませんでした。親父をののしりました。しかし親父はその時、一言も返してこなかった。あんなに恐ろしかった親父が、追い詰められた鼠《ねずみ》みたいに萎縮して……みっともないと思いましたよ。その夜は家を飛び出して、友達と飲み歩いて帰ってみると、親父は死んでいたんです。庭の蔵の前の木にぶらさがっていました。俺は、後悔しました。一言気にするなと、許すも許さないも親子じゃないかと言ってやれば良かったと……あの時見た親父の涙と同じような涙を、こいつは流したんですよ」

宗太郎は、ちらりとまた眠っている恭之介に視線を投げた。

「ですが、だからと言って松田藩を許せるというものではありませんよ、そうでしょう。せめて半分だけでも返してもらいたい。そこで、あの密書と引き換えに五百両よこせと、藩邸に書面で伝えました」

「いつの話だ」

「取引は今夜」

「お前は、そんなことをして無事に済むと思っているのか」

「さあ、しかし一度はぎゃふんと言わせてやらなければ気持ちがおさまりませんよ」

「では五百両、持ってくると……」

「きっと持って来る筈です。俺も中身を読みましたが、おそれながらと千代田のお城にいる大目付様にでも訴えれば、藩は跡形も無くなります。それほどの内容の密書です。そうしても良かったのですが、それでは金が戻ってきません。たとえ五百両でも手に入れたいと思いましてね」

「しかし、密書を渡した途端に、お前は殺される」

「いいえ、それは出来ませんね。私は写しを渡すつもりです。本物は俺の手にある、俺を殺したらそれを世間に出すと言うつもりです。旦那、黙って見ていて貰えませんかね」

「宗太郎、藩邸の誰に宛てて送ったのだ」

「殿様宛てだ」

「藩主にか。すると、用人の手に渡るか、御留守居役の手に渡るかわからぬな」

「それがどうしたんです」

「恭之介が渡そうとしている御留守居役ならば、藩主の手元にも渡り、お前の店の再興も叶《かな》うかもしれぬが、用人に渡ったならばもみ潰される」

「しかし、いずれであろうと金は出すだろう」

「宗太郎……」

「俺は金さえ貰えればいいのだ」

「……」

「まっ、取引がうまくいった暁《あかつき》には、本物を恭之介に渡してやってもいいですがね」

「本当か」

「俺は嘘は言わん。ですから旦那、五百両を手に入れるまで、手出しはしないで貰いたい。藩の策謀の陰で闇に葬られた商人の、千載一遇の機会を見逃すわけにはいかないんで……」

宗太郎は、恐れを知らない口調で言った。

六

宗太郎が松田藩との取引に指定した場所は、堅《たて》川に架かる一ッ目橋の南側にある弁財天の境内だった。

刻限は夜の四ツ、通りに人通りも絶える頃、半月が控え目な光を地上に落として、石畳の上で相手を待つ宗太郎も目を凝らして境内の入り口を見詰めていた。

懐には匕首《あいくち》を忍ばせているものの、さすがに約束の四ツが近づくにつれ、宗太郎の体は震えていた。

体験したこともない緊張感の中で、宗太郎は自分より年下の恭之介の度胸を今知ったと思った。

──あの男は、あのへなちょこの腕でわずかな家禄を守り、藩政を正すために命を賭けた。

俺も負けてはいられないと腹に力を入れた。

父親が亡くなり、母が亡くなり、世の中から相手にされなくなった宗太郎が、曲りなりにでも渡世の裏側で細々と生きてきたのは、全て松田藩への復讐のためだった。

どうやって復讐をすればいいのか、親父、俺に力を貸してくれと念じていたことが、この思ってもみなかった好機を与えてくれたに違いない。

薄闇を見詰めていた宗太郎の眼に、頭巾《ずきん》を被った武士を両脇から警護するように武士二人が、ゆっくりと石畳を踏んで近づいて来るのが見えた。

宗太郎は、肩で一つ、大きな息をついた。

「お前か、宗太郎というのは」

一団は、宗太郎の前まで歩んで来ると、一間ほど距離を開けて並んで立ち、頭巾の武士がくぐもった声で聞いた。

「そうだ。あんたは誰だ」

「こちらは、御用人の神山善四郎様だ」

側に立つ家来が言った。

「そうか、この書状に記してある外記とかいう悪人の一派か」

「口を慎め」

「その外記が俺の親父を罠《わな》に嵌《は》めたのは間違いない」

「……」

「やっぱりそうか。まあいい、今となっては五百両を貰えればいいのだ。金は持ってきたか」

「これだ」

一人の家来が、小さな麻袋の口をつかんで宗太郎の前に差し出した。

「そこに置いて下がってくれ。皆だ」

宗太郎がうわずった声で言った。

「待て、その前に書状はもってきたのか」

頭巾の神山という用人が言った。

「ああ、これだ」

宗太郎は、懐からつかみ出すと、

「言っておくが、俺を斬ったら、この写しを仲間が即刻しかるべき所に届けることになっている。いいな」

宗太郎は麻袋を持っている家来に、そこに置けと顎で差し、家来が麻袋を置いて皆と一緒に後ろに下がると、宗太郎はその袋をつかみ上げ、そこに書状を置いた。

素早く宗太郎は退路を目指して走った。

だがそこに、もう一人の家来が抜刀して闇から出てきて立ちふさがった。

「あっ」

宗太郎は声を上げて、後ろを振り返った。

頭巾の用人と二人の家来が迫って来る。

「卑怯者め。訴え出てもいいんだな」

宗太郎は叫ぶが、立ちふさがった武士の一撃を避けて、横に飛んだ。

宗太郎の腕には匕首が光っている。

「殺せ。構わぬ」

頭巾の武士が、虫けらでも殺すような言い方をした。

宗太郎は後ろに生えている竹の一群の中に飛び込んだ。

同時に目の端に光るものを見たと思ったら、竹が倒れ、自分もなぜか一緒に横倒しになった。

麻袋がふっとんで、それに手を伸ばそうとしたが、右足膝に痛みを感じた。

押さえると、ぬるりと手に何かがついた。

——血だ。

掌を上げて月夜に当てると、黒々としたどろりとした物が、掌にべっとりとついていた。

「今度はその命、貰った」

一人の家来が、宗太郎の頭上に刀を振り下ろした。

——親父……。

心の中で叫んだ時、頭上で斬撃を受け止める激しい音がした。

平七郎だった。

「旦那」

「だから言ったろう。お前の手におえる者たちではない。そこを動くな」

平七郎は、宗太郎に視線を流して険しい声で諫めると、抜刀している三人に向いた。

「どちらの御家中であれ、藩邸の外で人を斬れば町方に裁かれる」

言いながら、右手から来た家来の剣を跳ね上げて、返す刀でその男の肩を斬撃した。

男は後ろに飛んだが間に合わなかった。左手を斬られて刀を落とした。

平七郎はその刀を足で後ろに蹴り遣ると、左手に走ってもう一人の家来に飛びかかった。

上段から振り下ろし、すぐさま刃を返して斬り上げた。

家来は一間も飛びのいて、そこに尻餅をついた。

「まだわからぬか。命を捨てるのか」

じりっと平七郎は、面前の頭巾の男、用人神山善四郎に、その切っ先を合わせて言った。

「か、神山様」

尻餅をついた武家が助けを求めた。

「ひ、引け」

神山が叫ぶや、一同は我先にと境内の外に消えて行った。

「だ、旦那……申しわけない」

刀をおさめた平七郎の後ろから、宗太郎の声が聞こえた。

その時である。

境内に二つの影が浮かんだ。

秀太と、秀太に支えられた恭之介だった。

「宗太郎の身が案じられると聞かないものですから……」

秀太が言った。

「恭之介、この泣き虫が」

宗太郎は声を詰まらせて、恭之介に目を遣った。


雨は、ひとしきり降って止んだ。

平七郎が恭之介を連れて渋谷《しぶや》川に架かる水車《すいしゃ》橋の上に立ったのはまもなくのこと、雨後の川辺には、まだ白い霧のようなものが立ち込めていた。

「恭之介殿、おぬしが言う橋というのは、この橋のことではないのかな」

平七郎は、息を詰めて周辺を見回す恭之介に言った。

橋は欄干もない板橋だが、長さは十二間、幅は二間もあり鄙《ひな》びた場所にしては立派な橋である。

橋の両端の土手の水際には苔《こけ》が群生し、土手が高くなるにつれて草が茂り、すすきが生え、萩が茂り、橋の北側袂には大きな水車が回っていて、無数の杵《きね》の音が聞こえている。

ここは玉川水車とも呼ばれる江戸一番の水車の回るのが見える橋で、人はこの橋を水車橋と呼んでいた。

白い土蔵の側のその水車の水輪は二丈四尺（約七メートル）幅は六尺（約二メートル）、杵は百本もある大水車だった。

「目黒《めぐろ》不動にお参りしての帰りなら、この橋ではないかと思うのだが……」

頬を紅潮させている恭之介に、平七郎は説明した。

「ここです。この橋だと思います」

恭之介は、橋に跪《ひざまず》いて感嘆の声を上げた。

宗太郎が持っていた密書を返してもらった恭之介は、平七郎にその密書を託し、藩邸の御留守居役一柳瀬左衛門に手渡した。

即刻その密書を見た藩主によって、用人の神山善四郎が捕らわれたのはむろんのこと、藩主はすぐに国表に一柳の配下の者を走らせて、藩政をわが物にしようとしていた伯父の外記一派の粛清に着手した。

恭之介の傷が癒える頃には、次々とそういった藩の動きが知らされてきた。

「立花様のお陰です。これで、亡き母の遺言を果たしてあげることができます」

恭之介はそう言ったのである。

「御母上の遺言……そうだったのか」

呟いた平七郎に、恭之介は切ない目を向けて、名は知らぬが、水車の見える鄙びた場所にある橋を訪ねたいと、江戸への旅のもう一つの目的を告白したのであった。

その告白とは――。

「その橋は、母が父と初めて会った場所なのです」

恭之介はそう前置きすると、母が臨終の時、私が死んだらその骨を、父上と運命的な出会いをした、さる江戸の橋の上から流してほしいと遺言されたのだと言った。

「すると恭之介殿のご両親は、昔このご府内に住んでおられたのか」

「父は名を助左ェ門《すけざえもん》と言い、参勤交代で江戸に滞在中でした。そして母の美崎《みさき》は柿沼《かきぬま》藩の定府の娘でした。当時母には縁談の話があって……同じ藩邸に住む方だったようですが、母はそのお人に嫁ぐのが嫌で、誰にも言えず悩んでいたようです」

恭之介の母美崎は、一人で目黒不動にお参りに行った。

何とか嫁に行かずにすむ道はないか……帰り道の、水車の見える橋の上で、

――もし、この橋の上から飛び込んだら、わたくしは嫁に行かなくてもすむ。

単調な杵の音を耳朶にとらえながら、美崎はそんなことを考えた。

美崎は橋の上から下を覗いた。

川の流れを見詰めているうちに、体がすっと引きつけられるような気がした。

目が眩《くら》んで、ぐらりと体が宙に浮いた時、

「あぶない」

抱き留めてくれたのが、助左ヱ門だったというのである。

恭之介は、そこまで話すと、まるで自分のことのようにはにかんで、

「それが縁で二人は夫婦になったのです。半ばひとさらいのようなものだったそうですが、その時の出会いは、ずっと母を支えていたのです。けっして波風のない夫婦の生活ではありませんでしたが、子供の私の目からみても、睦《むつ》まじい夫婦だったと思っています。母は常々、あの橋の上に旦那様ともう一度立ってみたいと申しておりました。あの橋が、私たち夫婦のすべてだと……そのうちに父が死に、自身も死の床に就いた時、母はうわ言を……」

恭之介は感きわまって言葉を飲んだ。

恭之介の母美崎は、いまわの際で、

「旦那様、ほら、ちっとも変わっていませんわ……水車がまわってます。ほら、杵の音も聞こえます……」

そう言い残して死んだ。

その橋を、母に代わって見てみたい……。母と父が運命的な出会いをしたその橋を

……。

恭之介の母への思慕は、見知らぬ橋への執着となっていた。

「剣術のからきし駄目な私が、密使のお役を引き受けたのは、それもあったのです」

恭之介はそう言うと、水車の見える橋を教えてほしいと、平七郎に言ったのである。

話を聞いた秀太は、すぐにこの渋谷川に架かる橋を指摘した。

それで今日、国に旅立つ前に、平七郎は雨上がりを待って、この水車の橋に連れてきたのであった。

橋の上に跪いて川を眺め、水車を眺めしていた恭之介が、目を潤《うる》ませた顔をあげたのは、まもなくだった。

「ありがとうございます。昔の母と父の姿を見たような思いです。帰って父母の墓前に報告します」

切ない笑みを浮かべた時、水車小屋の方から女が二人、白い花を手に持って渡って来た。

花は白く、晴れかかった霧の中に、煙《けぶ》るような白さを放っていた。

「おこう……」

平七郎が声を上げると、

「おさよさん……」

恭之介が声を上げた。

二人の女は、ゆっくりと板の橋を踏み締めて近づくと、白い花を恭之介に手渡した。

「白い牡丹《ぼたん》です。この近くに『笑花園』という花園がありますが、そこで分けて頂きました。お母上様にたむけて下さいませ」

おこうが言った。

「わたしも……」

おさよは、小さな、泣き出しそうな声で言った。

「かたじけない」

恭之介は懐から香炉のような小さい骨壺を取り出して合掌し、中のものを川面に撒いた。そして二人から手渡された白い牡丹も川面に投げた。

雲間から差し込んで来た陽の光を受けて、白い牡丹は輝くような白い色をみせ、下流にゆったりと流れて行った。

恭之介は、その花の行方を見えなくなるまで見送っていた。

解説――忘れることの出来ない情景を描く魅力

縄田一男《なわたかずお》（文芸評論家）

江戸の橋の数は全部で百二十五――その橋に関するあらゆる管理・監督をまかされているのが橋廻り同心である。ふつう、奉行所の同心は、犯人逮捕のために十手《じって》を所持しているが、この橋廻り同心が十手のかわりに持っているのは、コカナヅチ大の槌《つち》。この木槌を用いて橋桁や橋の欄干、床板を叩いてその傷《いた》み具合を調べたり、橋の通行の規制や橋袂の広場に不許可の荷物や小屋掛の違反者はいないか、監視の眼をひからせたり、更には、橋下を流れる川の整備等が主な仕事であった。

身なりこそ、黒の紋付羽織で白衣《びやくえ》（着流し）に帯刀という、お馴染《なじ》みの同心スタイルだが、作者いわく、「同心の花形である定町廻りが綺麗な房のある十手をひけらかして、雪駄を鳴らし、町を見回るのに比べると、こちらの仕事はいかにも地味で、木槌を手にして町を歩くのは、あまり格好のいいものではない」（第一集『恋椿』所収「桜散る」より）正に閑職。いわば同心の墓場であり、年老いた同心や問題を抱えたお役御免寸前の同心がこの役目に就くのが定めであった。

ところが〈橋廻り同心・平七郎控〉の主人公である北町奉行所定橋掛の立花平七郎はまだ若く、腕も確かだ。平七郎の父は、生前、「大鷹」の異名をとった凄腕の同心で、平七郎も定町廻りであった頃、それになぞらえて、「黒鷹」と呼ばれた若手の有望株であった。加えて、剣は北辰一刀流《ほくしんいっとう》、師範代の格を持つ、という剣士であった。それが閑職の橋廻りにとばされたのは、ある事件で死者を出した責任を取ったためだが、実は上司である一色弥一郎が自分が負うべき責めを平七郎に転嫁したからに他ならない。

そして、木槌を持って橋を見回るようになって三年、近頃《なか》では三十俵二人扶持さえ貰《もら》えれば世間の見る目などはどうでもいいではないかなどと半ば諦めの境地にいるものの、「長身で飄々《ひょうひょう》とした風情《ふぜい》ながら、ふとした折に投げる視線には、黒鷹と呼ばれた頃の片鱗がうかがえる」のである。その平七郎が関わるのは、立身出世主義の定町廻り同心が見向きもしようとしない、一見、足るに取らない、或いは些細《ささい》な事件であり、その中で平七郎は、権力によって庇護《ひご》されることもなく、何のバックボーンも持たぬ人たちのために奔走することになるのである。

そして作者はこういいたいのではないのか——冷徹とも思える法の裁きに真に血を通わせることの出来るのは、平七郎のように身をもって人の痛みを知ることの出来る人間でなくてはならないのだ、と。更に見るべき人は見ていた、というべきであろう。第一集『恋椿』巻末に収められた「朝霧」で、北町奉行榊原主計頭忠之は、平七郎が橋廻りになった一切を承知の上である特命を課す。それは、平七郎に、自分の耳には入ってこない様々な市井の出来事を知らせる「歩く目安箱」になってくれ、というものだったのである。

さて、こうしてスタートを切った〈橋廻り同心・平七郎控〉は、第一集『恋椿』に続いて、第二集『火の華』、第三集『雪舞い』を刊行、このたび、第四集『夕立《ゆだ》ち』を上梓して、はやくも一年間で四冊を数えることになった。この連作の魅力は、前述の平七郎のキャラクターの特色もさることながら、文字通り、江戸の橋をモチーフにしたこと、すなわち、橋は、人々の出会いと別れを象徴する場所であり、正に人生の交差点でもあり、そこに様々な人間の哀観や喜怒哀楽を凝縮してみせた作者の手腕に依るものではないのか。次第に平七郎の恋慕の対象となりつつある読売屋の女主人おこうや、捕物に憧《あこが》れて同心株を手に入れたものの、平七郎と同じ橋廻りにまわされてしまった深川の材木商の三男平塚秀太等、レギュラー陣もすっかり読者のあいだに根を降ろして、主人公同様、私たちの良き隣人として親しみのある存在となったのではあるまいか。私はここに作者の手堅い筆の勝利を見る。

ところで読者は、先刻御承知のことと思うが、作者である藤原緋沙子は、小松左京主宰の「創翔塾」出身の書き手で、立命館大学文学部史学科を卒業。その一方でシナリオライターとして活躍、時代ものに限ってもTVの「長七郎江戸日記」や「鞍馬天狗」といった作品を手がけている。的確な物語づくりや着眼のよさ、更には今日では滅多にお目にかかれない、かつての良質なTV時代劇を見るような趣《おもむ》きは、このシナリオライターとしての経験が充分に活《い》かされたものといえるだろう。しかしながら、ここで脚本家の書いた小説が世に認められるまでの経緯というものを振り返ってみると、これが、なかなかに大変な道のりであったことが了解されるのである。

一言でいってしまえば、シナリオライターの書いた小説は、所詮《しょせん》、脚本を書いた余技でしかない、と見られる時代が随分と長かったのである。一例を挙げれば、堀川弘通監督、山崎努主演で封切られたサスペンス映画の傑作『悪の紋章』（昭和三十九年、東宝）はどうであろうか。この作品は、黒澤映画等で知られる名シナリオライター、橋本忍が「朝日新聞」に連載した同名小説を映画化したもので、例えば松本清張の社会派ミステリー等と比べても何ら遜色はない、と思われる。ところが当時は、脚本家の書いた小説というだけで、随分と手きびしい批評が存在したのである。が、実際、シナリオライターとしての技量が災《わざわい》してしまう作品が多数あったことも事実である。それはどういうことか、というと、登場人物の台詞《セリフ》はともかく、小説の地の文章、これが脚本でいうト書きの部分をそのまま踏襲してしまっている——つまりは地の文に〝描写〟がなく〝説明〟に終始してしまっている場合が多かったのである。これがシナリオライターが小説を書く時にもっとも陥《おちい》りやすい弊害で、そうした作品が存在する限り、脚本家の書く小説は、所詮は余技であり、小づかい稼ぎである、との見方が続くことになった。

それが完全に払拭されたのは、現代ものでは向田邦子が、時代ものでは隆慶一郎が小説の筆をとってからのことである。そして今、藤原緋沙子の作品を見るに、その〝描写〟力の的確さはどうであろうか。例えば第一話「優しい雨」の冒頭、月心寺で榊原奉行と平七郎が会っている場面で、苔《こけ》の間を抜ける小路の片隅に、松の落ち葉を入れた竹籠が置いてあり、「その籠の中にも木洩れ日は落ちていた。ほんの一時だが、平七郎は命の輝きを改めて見た思いがした」と記されるあたりの、文章の呼吸の素晴らしさを見るがいい。

そして更にいえば、この第四集に秘められているテーマとは、優れた〝描写〟力を持った作家以外では、絶対に書き得ないものなのである。では、そのテーマとは何か？　それは、人には人生に一度や二度は決して忘れることの出来ない情景がある、というものである。

本篇を未読の方のために敢えて、各篇のストーリは記さない。だが、第一話「優しい雨」でかつては二世《にせ》を誓った男女の逢瀬の合図となる、「おきちを誘い出す時には、富蔵は新大橋の中程の欄干に佇んで、二、三尺の細長い白い小切れを出し、片方を手でつかんで、さりげなく風にまかせて橋の欄干から流すのだった。（中略）その橋の上で、夕刻に白い小切れが風に身をよじるように舞う様は、訳を知る若い娘たちにとっては他人事ならない甘美な恋路のしるしのように見え」た、という箇所は正に眼に浮かぶようではないか。また、第二話「螢舟」は、誘拐され傷ついた少女に平七郎たちが、彼女がこれから力強く生きていくための一つの情景を提供してやる物語であり、更に第三話「夢の女」では、監禁されて贋作の仏像を彫らされていた男が、唯一、障子の隙間から覗くことが出来た四角く区切られた情景——そこから見える、今川橋を往来する美しい娘＝夢の女と、様々な紆余曲折《うよきよくせつ》を経て結ばれる話である。そしてラストの「泣き虫密使」で、ようやく密命を果たした誠実さだけが取得《とりえ》の侍を待っていたのは、かつて自分の父母が結ばれるきっかけをつくった、水車橋の情景だった——。

以上の四篇、作者の巧まざる筆力は、本作を単なる捕物帳の枠組を越えた深みのある人間ドラマに仕立てて、読者を深い感動へとかりたてずにはおかない。是非、次回はシリーズの長篇でも期待して、この解説の幕を降ろさせてもらうことにしたいと思う。

一〇〇字書評

夕立ち

切り取り線

購買動機（新聞、雑誌名を記入するか、あるいは○をつけてください）	
□（　　　　　　　　　　　）の広告を見て	
□（　　　　　　　　　　　）の書評を見て	
□ 知人のすすめで	□ タイトルに惹かれて
□ カバーが良かったから	□ 内容が面白そうだから
□ 好きな作家だから	□ 好きな分野の本だから

・最近、最も感銘を受けた作品名をお書き下さい

・あなたのお好きな作家名をお書き下さい

・その他、ご要望がありましたらお書き下さい

住所	〒				
氏名		職業		年齢	
Eメール	※携帯には配信できません	新刊情報等のメール配信を 希望する・しない			

この本の感想を、編集部までお寄せいただけたらありがたく存じます。今後の企画の参考にさせていただきます。Eメールでも結構です。

いただいた「一〇〇字書評」は、新聞・雑誌等に紹介させていただくことがあります。その場合はお礼として特製図書カードを差し上げます。

前ページの原稿用紙に書評をお書きの上、切り取り、左記までお送り下さい。宛先の住所は不要です。

なお、ご記入いただいたお名前、ご住所等は、書評紹介の事前了解、謝礼のお届けのためだけに利用し、そのほかの目的のために利用することはありません。

〒一〇一‐八七〇一
祥伝社文庫編集長　清水寿明
電話　〇三（三二六五）二〇八〇

祥伝社ホームページの「ブックレビュー」からも、書き込めます。
www.shodensha.co.jp/bookreview

祥伝社文庫

夕《ゆ》立《だ》ち　橋廻《はしまわ》り同心《どうしん》・平七郎控《へいしちろうひかえ》

平成17年4月20日　初版第1刷発行
令和7年5月15日　第13刷発行

著　者　藤原《ふじわら》緋《ひ》沙《さ》子《こ》

発行者　辻　浩明

発行所　祥伝社《しょうでんしゃ》
東京都千代田区神田神保町3-3
〒101-8701
電話　03（3265）2081（販売）
電話　03（3265）2080（編集）
電話　03（3265）3622（製作）
www.shodensha.co.jp

印刷所　萩原印刷
製本所　ナショナル製本
カバーフォーマットデザイン　中原達治

 ISBN978-4-396-33219-8 C0193

祥伝社文庫の好評既刊

藤原緋沙子
恋椿
橋廻り同心・平七郎控①

橋上に芽生える愛、終わる命…橋廻り同心平七郎と瓦版女主人おこうの人情味溢れる江戸橋づくし物語。

藤原緋沙子
火の華《はな》
橋廻り同心・平七郎控②

江戸の橋を預かる橋廻り同心・平七郎が、剣と人情をもって悪を裁くさまを、繊細な筆致で描くシリーズ第二弾。

藤原緋沙子
雪舞い
橋廻り同心・平七郎控③

雲母《きらず》橋・千鳥《ちどり》橋・思案《しあん》橋・今戸《いまど》橋。橋廻り同心・平七郎の人情裁きが冴えわたる好評シリーズ第三弾。

藤原緋沙子
夕《ゆ》立《だ》ち
橋廻り同心・平七郎控④

人生模様が交差する江戸の橋を預かる、北町奉行所橋廻り同心・平七郎の人情裁き。好評シリーズ第四弾。

藤原緋沙子
冬萌え
橋廻り同心・平七郎控⑤

泥棒捕縛に手柄の娘の秘密。高利貸しの優しい顔――橋の上での人生の悲喜こもごも。人気シリーズ第五弾。

藤原緋沙子
夢の浮き橋
橋廻り同心・平七郎控⑥

永代橋の崩落で両親を失い、深い傷を負ったお幸を癒《いや》した与七《よしち》に盗賊の疑いが――橋廻り同心第六弾！

祥伝社文庫の好評既刊

井川香四郎　花の本懐　天下泰平かぶき旅③

娘の仇討ちを助けるため、尾張から紀州を辿るうち、将軍の跡目争いに巻き込まれて!?　果たして旅路の結末は？

井川香四郎　てっぺん　幕末繁盛記

持ち物はでっかい心だけ。四国の銅山からやってきた鉄次郎が、幕末の大坂で〝商いの道〟を究める!?

藤井邦夫　素浪人稼業

神道無念流の日雇い萬稼業・矢吹平八郎。ある日お供を引き受けたご隠居が、浪人風の男に襲われたが…。

藤井邦夫　にせ契り　素浪人稼業②

人助けと萬稼業、その日暮らしの素浪人・矢吹平八郎が、神道無念流の剣をふるい腹黒い奴らを一刀両断！

藤井邦夫　逃れ者　素浪人稼業③

長屋に暮らし、日雇い仕事で食いつなぐ、萬稼業の素浪人・矢吹平八郎。貧しさに負けず義を貫く！

藤井邦夫　蔵法師　素浪人稼業④

平八郎と娘との間に生まれる絆。それが無残にも破られたとき、平八郎が立つ！